にせもの公主の後宮事情

君子は豹変するものです？

JN286679

雨川恵

KEI AMEKAWA

一迅社文庫アイリス

CONTENTS

明《めい》淑《しゅく》蓉《よう》
『にせもの公主』と
揶揄されながらも、
ひたむきに頑張る新米宮女。
天黎を兄のように慕っている。
本好き。
棕《そう》天《てん》黎《れい》
温厚な性格の第２皇子。
幼い頃に出会った淑蓉を、
実の妹のように
可愛がり、
大切にしている。

にせもの公主の後宮事情　君子は豹変するものです？

凌《りょう》蘭《らん》

淑蓉の母親。夫と死別した後、
美貌を生かして
寵妃に上りつめる。

林《りん》弘《こう》瑜《ゆ》

穏和で人当たりの良い、
天黎の侍臣。
人の気持ちに聡く、
立ち回りにも長けた
有能な青年。

棕《そう》士《し》傑《けつ》

棕河国太子。秩序を重んじる性格で、
ちょっとした事では動じない。

イラストレーション◆すがはら竜

にせもの公主の後宮事情　君子は豹変するものです？

NISEMONO KOUSHU NO KOUKYUUJIJYOU

序　月宮の王子

――月宮は、常世《とこよ》の国にあるという。

夜も更《ふ》けた闇《やみ》の中、明かりを持たない少女は手探りで歩を進めていた。足音を忍ばせて、ようやく覚えはじめた通路を、慎重に曲がって進む。この巨大な建物に、彼女はまだ慣れていなかった。明るいうちでもまだ迷うくらいなのに、夜はなおも恐ろしい。

唯一の光源は、閉ざされた窓の隙間《すきま》から差し込む月明かりだけだ。今夜は月が綺麗《きれい》なのだ――きっと、月宮も近くに見える。

二、三度通路を間違えそうになりながらも、少女は何とか目的の場所に辿《たど》り着いた。懐《ふところ》に抱《かか》えたものをぎゅっと抱きしめ、辺りの様子を窺《うかが》うと、通路から月光に照らされる庭園へと下りる。

そこは、敷地に数ある庭園の中でも、もっとも目立たない、簡素な場所だった。実際には、庭園という言葉すらふさわしくないのかもしれない。建物と高い壁に挟まれた空間に、池と、花をつけない緑の木々が適当に植えられているだけだ。この建物の主たる貴人はまず訪れず、昼間は下働きの者たちが上役の目を逃れてわずかな休憩を取っていたりするが、この時間にはさすがに誰の姿もない。

月はちょうど、中天に差しかかる頃だった。高い壁に囲まれたこの場所でも、今だけははっきりと見える。丸く輝く満月を見上げた少女は、その果てしない距離にため息をついた。月の光が強いから、少しは月が近くなったのかと思ったが、そんなことはなさそうだ。

だが空の月よりも、地上に落ちた映し姿の方は、もっと近くに感じられる。少女は、庭園の中心を占める池に目を向けた。小波《さざなみ》一つ立っていない滑《なめ》らかな水面《みなも》に、ぽっかりと月が浮かんでいる。すぐそこに、手に触れられそうな距離。

池の側に跪《ひざまず》いて、少女は持ってきたものを懐から取り出して眺《なが》めた。誰にも見つからないように、密かに隠し持ってきたものだ。もし、これから彼女がしようとしていることがばれたら、きっと大騒ぎになってしまう。宮殿は、火事を極端なまでに警戒していて、決められた場所以外で火を扱うのは罪とみなされる。

けれど今夜、彼女にはどうしても火が必要だった。――死者の住まう常世の国には、供物《くもつ》を燃やした煙しか届かないのだ。

きっと、水辺なら大丈夫だろう。火事を起こす心配はない。それにここなら、きっと煙は高く上る。高く高く――父のいる、あの月まで……。

「――おい」

不意に鋭い声が響いて、少女は危うく池に転がり落ちそうになった。反射的に縮こまって、声のした方を振り返る。恐怖と失望で、心臓が痛いほどに締め付けられる。見つかった、きっと叱《しか》られる……でも、誰に？

少し離れた木の陰に、見慣れない姿が立っていた。お仕着せを着た宮女ではない。固まって動けない彼女に向かって、足を踏み出したその人を、冴《さ》え冴《ざ》えとした月光がほの白く照らし出す。

「………」

綺麗な人だ、と思った。漆黒《しっこく》の髪に、青ざめた白い肌。月の光そのものを織り込んだような、光沢のある美しい衣裳《いしょう》を身に纏《まと》っている。軽快な足取りは、ここにたくさんいる、美しく装った女たちのものとはまるで違う。地を踏みしめるというよりは、天上を行くような――見知らぬ、男の人。

実際のところは、男性というよりも、まだ少年という方が正しかっただろう。彼が歩いて近付いてきても、彼女はただぼんやりとその姿を見つめていた。逃げ出さなければ、という思いは、一瞬頭から飛び去っていた。月光の下で見る彼は、ひどく幻めいている。手を伸ばせば消えてしまいそうな、この世ならぬ幻。

やがて、少年は立ち止まった。彼女の姿を確かめるように眺めると、不機嫌そうに眉を顰《ひそ》める。

「おまえ、ここで何をやっている」

胸に突き刺さるような、冷たい、固い声音《こわね》。少女ははっと我に返ると、忘れていた恐怖を取り戻した。今更ながらに逃げたくなったが、もう遅い。射竦《いすく》めるような眼差しが、彼女をその場に縫《ぬ》い止めている。

「ご、ごめんなさい……」

「『ごめんなさい』は答えじゃない。おれは頭が悪いのは嫌いだ」

答えろ、と再度促《うなが》される。傲岸《ごうがん》な物言いに、少女は怯《おび》えて身を竦めたが、何とか懸命に言葉を探した。

「あの、手紙、を、出したくて……」

「手紙?」

少年は、一瞬驚いたように目を瞬いた。そこでようやく、彼女の手にあるものに気付いたらしい。上質の薄葉紙《はくようし》は、母の持ち物からくすねたものだ。誰にも見咎《みとが》められないようにこっそりと、一字一字を連《つら》ねた手紙が、ようやく今夜完成した。

「子供のくせに、文字なんか知っているのか」

「はい。お父さんが教えてくれました」

手紙を大事に握りしめて、少女は少し誇らしく答えた。父は何でも知っているのだ。難しい本だって読めるし、彼女に読み聞かせてくれる。時々は寝る前に、見たこともない遠い国のことや、誰もが皆忘れてしまった昔の話をしてくれる……してくれた。

「お父さんに読んでほしいんです」

父が恋しかった。新しく暮らすようになったこの場所には、父のように話してくれる人はいない。母のしてくれるお話はいつも『昔々』ではじまって、どのくらい昔なのか尋ねても誰も知らない。本には書いてあるかもしれないと言っても、女の子はそんなものを読めなくていいと取り合ってもらえない。

新しい生活に、不満があるわけでは決してない。けれど時々はどうしようもなく寂しくて、だから父に手紙を書いた。この手紙を燃やしてしまえば、父にだけはこの気持ちが伝わるだろう。他の誰にも伝えられない思いが。

彼女の言葉を聞いた少年は、わずかに目を眇《すが》めた。その瞳に、一瞬危うい炎のような光が宿った気がしたが、それはすぐに瞼《まぶた》の向こうに押し隠される。少し考えるような間があって、彼は再び少女を見やると、すいとその手を差し出す。

「貸せ」

「え？」

「その手紙」

何を考える暇《いとま》もない、伸ばされた手は、いとも容易《たやす》く彼女の手からそれを取り上げた。少女は呆気《あっけ》に取られて相手を見上げる。どういうことだろう。

「あ、あの」

「父親に、送ると言ったな」

長い指が、取り上げた手紙を弄《もてあそ》ぶ。少年は形のいい唇を歪《ゆが》めて、微《かす》かな笑みを浮かべた。どこか引きつった、不自然な笑顔――血の通わない人形が、無理に笑ってみせるような。

「おれが送ってやる。おまえの父親のところへ」

「！　ほんとですか!?」

しかし、そんな歪《いびつ》な気配も、彼女にとっては気にならなかった。思いがけない申し出に、少女は目を丸くして、次いで喜びの声を上げる。死者の行く月は遠い、煙でさえ届くとは限らない。この人はどうやって届けてくれるのだろう――決まっている、きっと彼はあそこから来たのだ。誰もいない庭園で、誰にも知られず月影に佇《たたず》む、夢のように綺麗な人。

少年は答えなかった。彼女の喜びに、一瞬狼狽《うろた》えたように身を引いたが、そのまま踵《きびす》を返して立ち去っていく。少女が何か言う間もなく、彼は一度も振り返らずに、そのまま闇の中へ溶けるように消えてしまった。

一人残された少女は、しばらくその場に立ち尽くしていた。空は高く、月は依然として輝いていて、辺りはこそとも音を立てない。まるではじめから誰もいなかったかのように――けれど確かにあの人がいたことを、彼女だけが知っている。

――月の宮殿の、王子様。

きっとそうに違いないと、少女は思った。あんなに綺麗な男の人を見たことがない。綺麗で、仕草の一つ一つが優雅で——儚《はかな》くて、寂しそうで、突然見知らぬ地上に引きずり下ろされた天人のように、青ざめて水面の月を見つめていた人。

やがて、後ろ髪を引かれる思いで何度も振り返りながら、少女も庭園を後にした。彼は月へ帰れたのだろうか。どうか帰れていますようにと、彼女は祈った。託した手紙のためではなく——あの傷ついたような彼のために、そうであればいいと思った。

一章　白琅《はくろう》公主の後宮事情

「──それでは、第一、春燕連舞《しゅんえんれんぶ》」

厳《いか》めしい顔つきの老女の声が、張り詰めた空気を切り裂いて響く。淑蓉《しゅくよう》は、我知らず身体を強張《こわば》らせた。尚儀《しょうぎ》の宮女たちによって占められているこの楼下堂《ろうかどう》は、楽の音がよく響くよう作られた高い天井の下に、冷え冷えとした温度を保っているのが常なのだが、今は凍えるように冷たく感じる。

強張る指先をぎゅっと握りしめて、淑蓉は迫り来る試練に集中しようと努めた。掻《か》き鳴らされる弦の調べに急《せ》かされるように、目の前の箏《そう》に屈《かが》み込む。流麗に響く旋律に、新たな音が一つ、また一つと加わっていくのを聞きながら、淑蓉は息を詰めて弦に手を伸ばす──。

「…………」

しかし、彼女の手元から発された音は、旋律を支えるどころか、調子外れの雑音となって流れを堰《せ》き止める。瞬間、四方から注がれる非難の視線に、淑蓉はたまらず身を竦《すく》めた。実際のところ、こうした視線にはもう慣れっこなのだが、それでもいたたまれなさは一向に減らない。

「止め！」

手にした扇を打ち鳴らし、老女が鋭く制する。たちどころに楽の音は止み、堂内には再び緊張した静けさが戻った。

「――今のは、誰ぞ」

「はい！　私です」

不快に眉を顰《ひそ》める老女の視線に弾かれるように、淑蓉は慌《あわ》てて立ち上がった。嫌な汗がじわりと浮かんでくるのが解《わか》ったが、逃げ出すわけにもいかない。

「何と拙劣《せつれつ》な。それで尚儀の務めが果たせるとお思いか。妃嬪《ひひん》の御耳を汚すようなことあらば、そなた一人の責では済まされぬ。尚儀の質を問われると同じこと」

尚儀とは、後宮の儀典を司る部署だ。毎年決まった日に行われる祭祀《さいし》や祝賀といった重要な儀式から、妃嬪たちが催《もよお》す気紛《きまぐ》れな遊興の会に至るまで、万事遺漏《いろう》なく執《と》り行うのが務めである。そしてこの棕河《そうが》国では、儀礼と音楽は切り離せないものだ。国主の威厳を示し、人心を慰《い》撫《ぶ》するものとして、古くから重要な教養の一つとみなされている。

「よいか、尚儀はこの音で妃嬪にお仕えする者、ひいては国主陛下その人にお仕えしておるのだ。その音がかように無様では、御前《ごぜん》で粗相《そそう》を働くようなもの。どのように罰せられるか――事と次第によっては、死をもって償うことにもなり得るのですよ」

重い叱責《しっせき》に、堂内のあちこちで、微《かす》かに息を呑《の》む気配がする。淑蓉は悄然《しょうぜん》と項垂《うなだ》れた。これでまた、彼女の新たな死因が増えたわけである。明《めい》淑蓉、齢《よわい》十六、箏の演奏が下手《へた》すぎて死す

――情けなくて、もうそれだけで死ねそうだ。

――この前は、針が下手すぎて死んだのだっけ？　その前は料理が下手すぎて……。

もっとも今上《きんじょう》は、そんな理由で宮女に死を賜《たまわ》るような御方ではなさそうだが。淑蓉《しゅくよう》は、何度か近しく言葉を下された国主の様子を思い浮かべた。その一挙手一投足で、並居る群臣を従える壮年の男は、しかしその貴い身分から想像されるより、ずっと闊達《かったつ》な人柄のように見えた。少なくともこの後宮で、国主が怒りに駆《か》られて宮女を咎《とが》めたなどという話は聞いたことがない。あの御方に限っては、ありそうにもない話だ。

しかしそれはあくまでも、淑蓉の個人的な見方に過ぎない。実際に国主がその気になれば、たかが宮女の一人くらい、小指の先すら動かさずに縊《くび》り殺してしまえるだろう。棕河《そうが》国の古い記録にも、そんな例は山ほど出てくる。

それに、国主の寛大さと、淑蓉の出来の悪さはまったく別の問題だ。宮女として官位をいただいたからには、それにふさわしく務めを果たさなければならない。淑蓉は恥じ入って、指南役の老女に深々と頭を下げた。

「も、申し訳ございません……」

「集中なされよ。雑念が音を妨げる」

もう一度、と老女が仕切り直しを告げる。淑蓉は再び席に座り、箏に向き直った。弦の一本一本を睨《にら》みつけて、手元に集中しようと努める。……どれだけそうしてみても、元々ない技量が瞬時に備わるとは思えなかったが、まあ、奇跡が起きないとも限らないではないか。

再び、曲が最初から繰り返される。春に舞う燕《つばめ》そのものの、明るく軽快な旋律は、しかし淑蓉にとっては、次第に間近に迫ってくる恐ろしい地響きのようなものだ。

――えっと、えっと……ええと……。

「………」

その音を、何と形容していいのかは解らなかった。およそ箏の音とも思われない、弦の断末魔のような奇怪な響きが、堂中に響き渡る。

今度は、老女も誰とは訊《き》かなかった。苛立《いらだ》たしげに手を振って曲を止めると、はっきりと詰《なじ》る眼差しを、即座にこちらに向けてくる。淑蓉は身を縮こまらせて、たちどころに詫《わ》びた。やはり、奇跡は起きなかったらしい。

「申し訳ございません。その……」

老女は引きつった表情で彼女を見ている。悲しいかな、既に見慣れたものである。どこでどんな仕事をさせられようと、淑蓉が周りの人間にこういう顔をされなかったことはないのだ。

どうか、と、彼女は密かに、けれど真剣に祈った。このまま、彼女を堂の外に叩《たた》き出してくれますように。更に厳しく叱責されても、最悪、打たれても構わない。どうか――何も訊かずに、ただ怒って罰してくれますように。

だが、祈りは天に届かなかった。

「そなた、名は」

憤《いきどお》ろしく問われて、淑蓉《しゅくよう》は胃の腑《ふ》が重くなるのを感じる。それこそが、彼女の最も口にしたくないことだった。しかし問われてしまったからには、答えないわけにもいかない。

「明《めい》淑蓉と、申します……」

老女は、更に何か言いかけた。おそらくは、このどうしようもなくへまな宮女を、今度こそ名指しで叱《しか》ろうとしたのだろう。しかし、実際に叱声が発されることはなかった。その寸前で、老女は何かに気付いたように口を閉ざすと、まじまじと淑蓉を見つめたのだ。

「……よろしい」

やがて、不自然な間を置いた後、老女は目を逸《そ》らして言った。

「では、続きから。各々、自らの務めを果たしなさい――他の音に引きずられて、調和を乱さないように」

他の音、というのが何であるかは解り切っている。淑蓉は顔を赤らめて、小さくなるより他はなかった。指南役は匙《さじ》を投げたのだ。その上で、これ以上余計な雑音を立てて、他の宮女たちの邪魔をするなと暗に告げている。

そう、あくまで『暗に』だ。後宮の者が、たとえ宮女たちに恐れられている指南役といえども、淑蓉を面と向かって叱りつけるはずがない。

「……ねえ、どうなっているの？」

軽快に鳴り響く箏の音に紛《まぎ》れて、どこかで誰かが囁《ささや》く声が聞こえる。

「どうしてあの子、何も言われないの？　あんな音を出していたら、手を鞭《むち》打たれても文句は言えないのに」

「あら、知らないの？　あれが『白琅公主《はくろう》』よ。――叱りたい人なんか、いるわけないでしょう」

「ああ……『にせもの公主』」

あれが、と呟《つぶや》く声が単なる物見高さからなのか、それとも嘲笑《ちょうしょう》が混ざっていたものかはよく解らなかった。

狂いなく揃《そろ》った箏の音が響く。足手まといに邪魔されることがなければ、宮女たちの奏でる調べはこんなにも豊かなのだ。羞恥《しゅうち》と落胆と無力感をないまぜに抱《かか》え込んだまま、淑蓉はまだ火照《ほて》っている顔を伏せると、せめてもの練習に、音を出さずに弦を指で追い続けた。

＊　＊　＊

棕河国《そうが》は、文字通り河の流れによって成立した国である。北に朔天《さくてん》山脈、東に灰華《はいが》高原を有し、それぞれから流れ下ってくる水が、人々に地の恵みをもたらす。

特に大きな二つの流れが合流する地に、首都湲洲《えん》がある。国主の宮殿も、この都に造営された。瑠璃瓦《るりがわら》の屋根が幾重《いくえ》にも連《つら》なる広大な宮殿の威容は、神仙が住まうとして人々の信仰を集めている朔天《さくてん》山脈の稜線《りょうせん》を写し取ったものと言われ、朔稜《りょう》城とも呼ばれる。もっとも、この国の東、黄原に勃興《ぼっこう》する強勢な国々には、この朔稜城よりはるかに巨大で壮麗な宮殿があるらしいのだが、少なくとも淑蓉《しゅくよう》には想像がつかない。解るのはただ、きっと恐ろしく居心地が悪いところだろうということだけだ——はじめてこの城の前に立って、中に足を踏み入れたときから、ずっと感じてきたように。

そして今も、まさにそれを感じている最中だ。淑蓉は重苦しい沈黙に耐えて、後宮の歩廊《ほろう》を進んでいた。前を行くのは、案内役の宮女である。淑蓉よりもずっと年長で、しかも妃嬪《ひひん》付きだ。後宮の序列に従えば、一介《いっかい》の新参宮女ごときに構うような立場ではない。

それがこうして、淑蓉のために下級宮女の房室《へや》にまで足を運び、見ようによってはまるで彼女に仕えるかのように先導している。下位の者から、上級の者に話しかけることはできないので、淑蓉は前を行く宮女がこの奇妙な状況をどう思っているか、正確に知ることはできなかった。当然、気分が良くないであろうことは確かだが……この沈黙は、理不尽を強いられる憤りのためか、それとも彼女もまた、この序列の混乱に当惑しているのだろうか。

——ごめんなさい……。

声に出さず、詫び言を念じる。しかし、淑蓉にできるのはそれくらいだ。側付きの宮女に命を下すのも、後宮の慣習を意に介さないのも——今こうして淑蓉がここにいるのも、皆あの人のすることなのだから。

歩廊から通用路へ下りると、早春の空気とともに空が望めた。目の前に現れた、しっかりとした墻壁《しょうへき》に囲まれた建物は、それだけで独立した屋敷のようだ。前庭は美しく掃き清められ、朱塗りの柱や贅《ぜい》を凝《こ》らした草花装飾が、澄んだ光を受けて輝いている。

案内の宮女に従って、淑蓉もまた頭を垂《た》れて、建物に足を踏み入れた。入り口に掲げられた扁額《へんがく》を見ることはなかったが、何と書かれているかはよく知っている。『白琅宮《はくろうきゅう》』――この建物の名であり、後宮に数ある妃嬪の居宮の一つ……そして少し前までは、淑蓉自身が暮らしていた場所だ。

やがて、淑蓉は建物の奥へと通された。白琅宮には、宮殿の威を凝縮《ぎょうしゅく》したような豪奢《ごうしゃ》な応接室も、珍しい文物で目を楽しませる優雅な居室もいくつかあるのだが、淑蓉が案内されたのはそのどれでもなかった。きらきらしい内装などほとんどない、ごくささやかな手回り品の他は、家具すらもない殺風景な部屋だが、開け放された大きな窓から差し込む日は明るく、空気は思いがけず暖かい。

「蘭《らん》妃に申し上げます」

その窓の側に、一人立つ人がいる。部屋に入ってすぐ、淑蓉はその姿を見ないように顔を伏せ、深々と礼をした。案内の宮女が、声を張って告げるのが聞こえる。

「お召しに従い、宮女明《めい》氏をお連れしました」

「そう、ご苦労様」

　窓辺の人は、ゆったりとした口調で答えた。落ち着いた響きは、聞く者によって寛大にも、凄味の秘められたものにも聞こえるらしい。淑蓉《しゅくよう》にとっては、どちらでもないのだが。

　衣擦《きぬず》れの音がして、側にいた宮女の気配が消えた。彼女の主が、身振りでそう指示したに違いない。

　二人きりで残された室内に、居心地の悪い沈黙が満ちる。相手から口を開く素振りはない。淑蓉は、国主の妃の前に引き出された宮女にふさわしく跪《ひざまず》き、できる限り恭《うやうや》しく申し述べる。

「……賜命《しめい》、過分の誉《ほま》れと存じます。謹《つつし》んで御下命をお伺い申し上げます」

「おや、まあ、口の利《き》き方だけは一人前に覚えたみたいだねぇ」

　しかし返ってきたのは、後宮の畏《かしこ》まった物言いとはまるで裏腹の、粗野とも言えそうなほどざっくばらんな言葉だ。露骨に解る呆《あき》れた声音《こわね》で、窓辺の人は容赦《ようしゃ》なく続ける。

「まったく、仕事は何一つ覚えやしないくせに。尚宮《しょうきゅう》だって、おまえの配属先ばかり四度も五度も変えてやるほど、暇じゃないんだよ」

「……まだ三つ目です」

　痛いところを突かれて、淑蓉は思わず呻《うめ》きそうになったが、なけなしの宮女としての矜持《きょうじ》をかき集めて、何とか儀礼を守って返事をした。そう、そこははっきりさせておかなければならない。最初のときだって、一月は続いた。二度目の配属先なんて、三月以上も使ってくれたのだ。彼女がへまをしなければ、まだ使ってくれていただろう。尚儀《しょうぎ》に配属されて、まだ半月も経っていない。判断が下されるには時間があるはず……。

「もう四つ目になるとも」

だが、相手はこともなげにそう言った。

「このまま宮女を続ける気ならね。――尚儀から申し入れがあったよ、あんたを厄介払《やっかいばら》いしたいってね」

「ええ！」

思いがけない宣告を受けて、淑蓉は弾かれたように顔を上げた。そんな馬鹿な、早すぎる――たとえ、彼女の楽に関する才能が手の施しようのないものだったとしても、今しばらく練習を重ねる暇さえ与えられないとは。

――ということは、つまり、その……まさかの、馘首《くび》最短記録……？

「さすがに、芸事は判断が早いね」

呆然《ぼうぜん》とするあまり、つい現実逃避気味の思考を巡らす淑蓉の耳に、無情な言い草が聞こえてくる。

「きっと耐え難《がた》かったんだろう。おまえに楽器を与えるなんて、正気の者ならまずしないことだからね。あんなに人を苛々《いらいら》させるものは他にないよ」

「！　そんな……」

「音は外れるわ、拍子はでたらめだわ、そのくせ頭に響くんだから始末に負えない。あれに比べれば、ボロ屋の雨漏《あまも》りだって天上の調べってものさ。尚儀《しょうぎ》がおまえを手放してくれて、私もほっとしてるんだ。あの音が後宮中に響き渡って、気を病む宮女が続出したりしたら、さすがにちょっと責任を感じるからね」

あんまりな言われ様だ。いかにももっともらしくため息をついてみせる相手に、淑蓉《しゅくよう》はついに、宮女の体面も忘れて声を上げた。

「い、いくらなんでも、そんなことあるわけないじゃない――ひどいよ、お母さん！」

そもそも、ことのはじまりは、八年ほど前に遡《さかのぼ》る。

「本当に、誰に似たんだろうねぇ」

窓辺に座って、淑蓉の淹《い》れた茶を飲みながら、母は妙にしみじみと言った。現在は蘭《らん》妃と称される彼女は、名を淩《りょう》蘭という。慣習通り、自らの名の一字を名乗りに使うことを国主より許された、後宮の正式な妃嬪《ひひん》の一人だ。

「あんたのお父さんは、そりゃあ笛が上手だったよ。覚えてないのかい、あんたが赤ん坊の頃は、よく吹いてあやしていたのに」

「ううん……よく覚えてないな」

「まあ、狭いところに住んでいたからね。ご近所も近くてさ。あまり音を出すと、うるさいって怒鳴られたりして、だんだん吹かなくなったんだけど」

だが、この『お父さん』は、もちろん国主陛下のことではない。淑蓉の父は、国主の宮廷に仕える官吏《かんり》であった。あった、というのは、父は淑蓉が八つになる前に、病で亡くなってしまったからである。

この時代、幼い子供を抱えた女が生きていく方法は限られている。売り物になる技術や芸でもあれば、仕事をして稼ぐこともできないではないが、そうして生きていけるのはごくわずかだろう。多くの女が選ぶのは、子供も受け入れてくれる男を探して再婚するか、そうでなければ身を売るかのどちらかだ。

凌蘭の選択は、ある意味、その全てをひっくるめたものと言える。――夫を亡くして後、後宮の宮女に志願した彼女は、そこで国主の寵《ちょう》を得て、あっという間に妃の地位に上ったのだ。

棕河《そうが》国の後宮では、寡婦《かふ》が宮女として仕えることは珍しくはない。独力で生きる術《すべ》のない女性を『保護』するのは、君主の徳とされているからだ。もちろん、最初から国主の妻たる后妃《こうひ》の立場で迎えられることはなく、大体は建物の廊下までしか立ち入ることを許されない下働きとして雇われるものだが、それでも一旦後宮の中に入れさえすれば、どのような可能性だって有り得る。些細《ささい》なきっかけで国主の目に留まり、寵を受けた者は、棕河国の歴史にも幾人も名が残っている。

凌蘭《りょうらん》自身の立場は、決して前例のないものではない。しかし彼女が淑蓉《しゅくよう》に与えた立場の方は、前例のないことだ――国主の後宮に、前夫との間に生まれた娘を呼び寄せて住まわせるなんて、厚かましい妃嬪《ひひん》が他にいたはずがない。

そして淑蓉について回る陰口も、この事実が絡《から》んでいる。国主の血を引かない娘に、本来『公主《こうしゅ》』の称号を受ける資格はない。それでも名目上は国主を後見とする淑蓉の存在を、面白くなく思う者も多い。『にせもの公主』や『なりそこない公主』というのは、不安定な彼女の立場に対する、後宮らしい当て擦《こす》りなのだ。

「せっかく後宮なんてところにいるんだから、それなりに優雅に育つと思ったのに。宮女どころか、これじゃ嫁に出せるかどうかも覚束《おぼつか》ないじゃないか」

情けない、と呟く母は、しかし当時から今に至るまで、そのことを何とも思っていないようだ。凌蘭にとって後宮は、食費も家賃も光熱費もかからない、好条件の借家くらいのものなのではないかと、淑蓉は密かに疑っている。

「別に、お嫁に行きたくてこんなことしてるわけじゃないし……」

母と同じく、窓辺に座り込んで茶を啜《すす》りながら、淑蓉はぼそぼそと言い返した。大きく開け放たれた窓の外には、春の光に若芽の緑が輝く、鮮やかな庭園が望める。うららかな日差しは暖かく、いつまでだってぼうっとしていたいような気持ちになる。

「馬鹿をお言い。おまえが行きたいとか行きたくないとかいう話じゃない、貰《もら》い手がないという話をしてるんだよ」

「ええー……」

申し分のない心地良さ、ただ母の言葉だけが容赦なく胸を抉《えぐ》る。実の母親だけに、真実の指摘に微塵《みじん》のためらいも感じられない。

「……で、でも、私のせいだけじゃないと思う」

「何だって？」

「そう言うお母さんはどうなの？　お母さんが楽器演奏してるところ、私、見たことないんだけど」

音楽は、上流階級の子女にとって重要な教養の一つだ。そして、高貴な身分の人々に仕える宮女にとっても、同じく求められるものである。後宮は、新入りの宮女たちに、ある程度までの訓練をさせることになっているが……途端、庭園の方に目を泳がせた凌蘭の様子を見る限り、彼女も優秀な成績を修めたとは言えなそうだ。淑蓉が幼い頃、母がしばしば歌っていた鼻歌は、音楽的才能に恵まれない娘の耳にも、随分と調子外れに聞こえたものだった。

「自分だってできないことを、私にしろっていうのは間違ってるよ」

「うるさいね、何のための後宮育ちなんだい。それに、おまえはお父さんの血を引いてるんだよ。どうしてあの人のいいところを取って生まれてこなかったのさ。まったく、生まれる前からぼんやりしてるんだから」

「そんなこと言われたって無理だよ……ていうかお母さん、すぐそうやって誤魔化《ごまか》して」

「それに、私はそんなことできなくたっていいんだよ。別のやり方で勝負できるからね。――少なくとも、私がここに住むために、音曲なんて必要なかった」

後宮に住む――つまり、国主の目に留まり、寵を受けるということ。もちろんこの母には、己の身以外のものは何一つ必要なかっただろうと、淑蓉《しゅくよう》は認めざるを得なかった。今は凝った形に結い上げられている長い髪は、絹のように艶《つや》やかな黒。きりっとした目鼻立ちは、見る者の目を惹《ひ》きつける華やかな自信に満ちている。滑《なめ》らかな白い肌は、到底、淑蓉のような歳の娘を持つ母親とも思えない。市井に暮らしていたときから評判の美人だった凌蘭《りょうらん》は、三十をとうに越した今となっても、その容色には未だ翳《かげ》りが見えない。

一方で、確かにその血を継ぐ娘であるはずの淑蓉は、母のような強烈な美貌《びぼう》とはまるで縁遠かった。はじめて淑蓉が母の娘と知った者は、ほとんど例外なく怪訝《けげん》な表情をするくらいなのだ。二目と見られない容姿というわけではないはずだが、取り立てて記憶に残らない、どこにでもありそうな顔立ちである。

――とりあえず、美人じゃないし……。

無意識に、淑蓉は肩から流れる髪を指で弄《いじ》った。東方風の漆黒《しっこく》の髪が美人の条件の一つだが、彼女のそれは、褪《あ》せた栗色とでもいうべき冴《さ》えない色をしている。瞳だってそうだ、微かに緑がかった薄茶はいかにも半端《はんぱ》な色合いで、美しいとはとても言えない。

母の美貌を受け継がなかったことは、子供の頃から知っているし、今更望むことでもない。いつもは特に気にしていない……だが、こんなときは時々考えてしまう。せめて一つくらい、彼女にも何か取り柄《え》があればよかったのに……。

「あんたは可愛《かわい》いよ」

だが、不意に凌蘭がそう言ったので、淑蓉は思わず髪を弄っていた手を離した。まるで心を読み取られたような気がして、顔が熱くなる。

「い、いいよ、別に慰《なぐさ》めてくれなくたって……」

「おや、慰めてなんかいないよ。まあ私に言わせれば、もう少し着飾って見栄えを良くする気概があればいいと思うけど、とにかく素材としては悪くない。この私とあの人の娘なんだから、当然だけどねえ」

母としての気遣いなのか、それとも単なる自慢なのか解らない。にやりと笑ってみせた凌蘭から、淑蓉は照れくさく目を逸らしたが、しかし母の話はそこで終わりではなかった。

「でも、それで勝負をする気なら、もっと磨きをかけなきゃならない――もしそうでないのなら、別のところで勝てなきゃいけない」

揺るぎない、きっぱりとした声音。わずかにたじろぐ淑蓉に構わず、凌蘭はじっと娘を見据えた。

「あんたは可愛いよ、淑蓉《しゅくよう》、間違いなくね。でも、それは武器にはなり得ない。誰かを癒《いや》す薬にはなっても、誰かの心を虜《とりこ》にして狂わせる毒にはならないものさ。……おまえにそれが向いてるとも思わないしね」

「…………」

「私は美人だったし、それをどう使えばいいかよく解ってた。他の女たちだって皆そうさ。楽器を鳴らしたり歌ったり、針を持ったり美味い料理を作ったり、そうでなければ、ただ従順ってだけでも立派な『武器』だよ。皆、その武器を使って未来を射止めるのさ。十分に賢ければ、武器の持つ力以上のものが狩れるだろうね」

未来――現代において女の『未来』とは、つまり結婚する男のことだ。この国では一般的に女性に学問をさせる習慣はないし、女性が働いて稼ぐ場も限られている。女が飢えず安全に暮らしていくためには、ちゃんとした稼ぎのある、社会的に彼女の権利と立場を保護してくれる男を捕まえるしかない。

愛や恋だけでは語り切れない、これも女性にとっての『結婚』の本質の一つである。だからこそ、淑蓉の『取り柄のなさ』は問題なのだ。貴人に仕える宮女への教育は、そのまま夫に仕える教育でもある。言わば最上の花嫁修業であり、事実、後宮の務めを辞めて市井に戻った娘には求婚が殺到したりするのだが、何をやらせても長続きせず、後宮中をたらい回しにされている淑蓉では、そうした可能性はほとんどない。

「……実際、馬鹿げたやり方だよ、こんなのはね」

そしてその現実を、凌蘭《りょうらん》はよく知っている。言葉を返せず黙り込む娘に、どこか寒々しい声音で母が呟く。

「男がいなきゃ女が存在できないなんて、そんなこと現実にあるわけないのにさ。男でも女でも、自分の面倒くらいは自分で見るのが筋ってもんじゃないか。女を支配するのでなく——男を利用するのでもなくね」

「………」

「いつかは、そういう時代もくるだろう。でも、今すぐにってわけにはいかない。淑蓉、あんたもこのやり方で勝負しなきゃいけないんだ。自分の武器の全てを使って、少しでもましな男を捕まえる——馬鹿げているけど、負けられないお遊びさ」

淑蓉は困惑し、結局口を閉ざして俯《うつむ》くよりなかった。母の言わんとすることが、解らないわけではない。きちんとした殿方《とのがた》と結婚してこそ一人前だというのは、常に母が主張していることだ。淑蓉が宮女になるのを許したのも、いずれは夫を持つときに役立つだろうという目論見《もくろみ》あってのことだったのだから。

しかし、淑蓉自身には、そんな目的があったわけではない。

——私は、ただ……。

「そういうわけでね、私も考えたんだよ。不器用で鈍《どん》くさくて楽の一つも奏でられないようなおまえでも、他の娘に勝てる方法はないかって」

だが、自分のことを思い返している暇はなさそうだ。それまでの考えを巡らすような思索的な響きから一転、いつものちゃきちゃきした物言いに戻った母の声音に、淑蓉《しゅくよう》は再び内心で身構える。今度は何を言い出す気なのか。

「どんな下手の弓でも、射かけ続ければ、いつかは的に当たることもあるだろう？　とりあえず目に入るところにさえいれば、おまえだっていい男の一人や二人、引っかけられるかもしれないよ」

「ええ!?　ちょっ、お母さん、一体何言って……」

「そんなおまえにおあつらえ向きなことに、近々、東園《とうえん》の宴《うたげ》が開かれるんだ。まったく、牡丹《ぼたん》なんて食べられもしないものを見てもしようがないと思うんだけど、国主陛下のお計らいだから仕方がないね」

「お母さん！」

いかにも大儀そうに言う母の不遜《ふそん》さに、淑蓉の方が動揺してしまう。国主の東園の宴といえば、後宮の妃嬪《ひひん》たちが気紛れに催す、後宮内の私的な集《つど》いとはまるで違う、れっきとした宮中の年中行事である。宮殿の東に隣接して広がる春の庭園に、国主の一族をはじめ主だった官吏や豪族、国に特別の勲功《くんこう》があったとして推薦を受けた名士を招いてもてなす、大がかりな会だ。普段は後宮から出ることのない妃嬪たちも、国主に従って城の外へ出る、数少ない機会である。

「また面倒くさい季節になったと思っていたけど、こうなりゃ好都合だよ——淑蓉、あんたも私と一緒に来なさい」

「えっ、い、嫌だよ！」

国主の妃として、母は毎年のように出席を余儀《よぎ》なくされる宴に、しかし淑蓉は行ったことはない。そんな恐れ多いことが、どうしてできるものか。大体、どんな立場で出席できるというのか——『国主の妃の前夫の娘』なんて、どんな身分でもありはしない。

自分は何者でもない、身の程《ほど》を弁《わきま》えておかねばならないと、淑蓉は既《すで》に学んでいた。ただでさえ、彼女のような存在は前例のないことなのだ。この上、出しゃばった真似をして目立つことは避けたかった。

『にせもの公主』に比べれば、直接的でないだけまだ大人しいものだが、淑蓉が『白琅公主《はくろう》』とも呼ばれるのは、白琅宮の主である凌蘭《りょうらん》が、国主の子でもない淑蓉を後宮で育てたことへの揶揄《やゆ》だ。国主の寵愛を笠に着て好き勝手やっていると見られても仕方がないし、実際国主の恩情がなければ不可能なことだっただろう。淑蓉の存在は、言わば凌蘭の持つ権力の現れだ——後宮の女たちの嫉妬《しっと》をかき立てるに値するほどの。

母が、どれほどそのことに自覚があるのかは解らない。しかしたとえそうと気付いていたとしても、凌蘭は態度を改めはしないだろう。これまで通り淑蓉の母親として、あらゆる特権を与えようとするに違いない。

だからこそ、せめて淑蓉《しゅくよう》が身を慎んでいなければならない。大人しく、目立たないようにして、誰の妬《ねた》みも買わないように——母が誰にも恨《うら》まれたりしないように。

「嫌だぁ？」

しかし、そんな娘の思いなどまるで伝わった様子もなく、母は笑い飛ばすように鼻を鳴らした。

「あんたの意見なんか聞いてないよ。私が行けって言ったら行くんだよ」

「無茶言わないでよ！　私は行かないから……」

「おや、いつから下《した》っ端《ぱ》宮女が妃に逆らえるようになったんだろうね？　嘆かわしい規律の乱れだこと」

「…………」

これには反論できなくて、淑蓉はとっさに言葉に詰まる。当惑した様子の娘に、凌蘭《りょうらん》はにやりと笑みを浮かべる。

「まあ、あんたが宮女を辞めるなら、考えないでもないけどねえ。私だって、可愛い『娘』に無理強いはしたくないし」

「……御身に仕え、御命に従うべく励《はげ》む所存です」

「ふん、解ればよろしい」

従順に答えた淑蓉に、一応はそう応じた凌蘭だが、しかし完全に満足というわけではなさそうだった。何か考えるような顔をして、奇妙な流し目で淑蓉を見やる。

「……そうだね、あんたを私の名代《みょうだい》にして出席させるのも、悪くないかもねえ。そうすれば、若い坊やたちは一人残らずあんたに挨拶《あいさつ》に来るだろうから、気に入った男を捕まえるのも簡単だし……私も面倒な宴になんて出ずに済むし、いいこと尽《ず》くめなんだけど」

「お母さんたら！」

何てことを言うのだろう。前半がとんでもないのはもちろんだが、後半も到底許されないことで、しかも母の口調から言って、こちらの方が本心のような気がする。国主の東園の宴を、その妃が、面倒だからなどという理由で欠席するなんて、どう考えてもあっていいことではない。

「そんなの駄目に決まってるじゃない！　東園の宴は、ただの遊びじゃないんだから。初代の国主様の遺詔《いしょう》に従って毎年行っている世祖《せいそ》の礼なの。祖霊をお祭りすることで、『庭ノ繁ルガ如《ごと》ク国ヲ繁ラセ』るための神事で……」

だが、淑蓉が詳しく説明しようとすればするほど、凌蘭は胡乱《うろん》な表情を返すばかりだ。立て板に水と並べ立てる娘を、呆れ返った調子で遮《さえぎ》る。

「淑蓉。おまえは、またあそこに入り浸《びた》っているのかい」

「さ、最近は行ってないよ……。仕事があったし……」

どこか疾《やま》しい気持ちを覚えながら、淑蓉はしどろもどろに答えた。母が、彼女が『あそこ』

に行くことを喜ばしくは思っていないと知っているからだ。いや、母だけではない、およそまともな女子の躾《しつけ》を受けた者ならば、近付こうとも考えないはずである。

「……まったく、変なところだけはあの人に似るんだから。でもね淑蓉《しゅくよう》、いい若い娘が、あんな辛気臭《しんきくさ》いところに出入りするもんじゃないよ。黴臭《かび》いのが移るだけさ、そのうちあんたに黴が生えたとしても不思議じゃないね」

「生えないよ！　は……生えてないよ、多分。まだ」

「とにかく、この私が東園に連れていくからには、黴臭い小娘なんかお呼びじゃないんだよ。――白琅宮《はくろうきゅう》の名に賭けて、それなりの恰好《かっこう》をしてもらわないとね」

言って、にやりと笑う母の表情に、淑蓉は今度こそはっきりとたじろいだ。これから何が起こるのか、確実に予想できる。素早く立ち上がった凌蘭《りょうらん》が、よく通る声で側付きの宮女を呼びつけるのを聞きながら、淑蓉は暗い気持ちでその場に項垂れた。

＊　＊　＊

静まり返った夜闇の向こうから、微かに水の流れる音が聞こえる。朔稜城《さくりょう》は、その内部に無数の水路を張り巡らせる水の城だ。城内の気が澱《よど》むのは国家の安寧《あんねい》によくないとする、国主の住まいを国に見立てる古くからの思想を具現化したものと言えなくもないが、実際的な理由は、火事を恐れるからだろう。その多くが木造の建築物である宮殿にとって、火は大敵だ。特に重要な建物の側には、必ず池か水場が設《もう》けられている。

ついさっき、淑蓉が後にしてきた書庫もまた、最も火を忌《い》む場所の一つだ。宮殿内には珍しく、木ではなく石で作られた荘重な建造物は、燃えやすく儚《はかな》い宝物を守るための場所である──棕河《そうが》国が興《おこ》ってから今まで、連綿《れんめん》と蓄積されてきた記録と叡智《えいち》の全てが、蔵書としてここに眠っている。

そして今、彼女がいるのは、書庫の南に設置されている、本を読むための繙閲所《はんえつしょ》だ。火気厳禁の書庫とは違い、繙閲所は夜でも灯火を使うことが許されている特別な場所である。普段なら急ぎの仕事を抱えた官吏たちが数人、残って頑張っているものなのだが、今夜は誰の姿もない。人気《ひとけ》のない、暗く虚《うつ》ろな建物は、慣れない者には不気味としか思えないだろうが、しかし淑蓉はほっと安堵《あんど》の息をついて、ためらいなく闇の中に足を踏み入れた。誰もいないのは嬉しかった──誰に咎められることもなく、思う存分本を読んでいられる。

それでも、隅《すみ》の方の席を取ってしまうのは、身に染みついたいつもの習いだった。闇の中を漂《ただよ》ってくる、乾いた匂い──墨《すみ》の香に、古い書物特有の埃《ほこり》っぽい空気が混ざり合ったそれを感じて、淑蓉は思わず苦笑する。母の言うところの『黴臭い』匂いだが、彼女にとってはこの上なく慕《した》わしいものだ。懐《なつ》かしいとさえ思う。

──しばらく、ここには来られなかったから……。

宮女の生活に、自由はない。それこそ朝目を覚ました瞬間から、夜、床につくまで、上級の宮女に追い使われているか、さもなければ仕事に必要な技術を教え込まれているかどちらかだ。もちろん、休憩がないわけではないし、上の者の機嫌《きげん》が良ければ早くに就寝させてもらえることもあるが……こんな風に後宮を出てくるような自由はさすがにない。

宮女になろうと決めたとき、ここへ来る楽しみを手放す覚悟もした。自由な時間がないというだけではない、本を読む——男の使う文字に触れることは、慎みの足りない行いとして、白い目で見られるのが常だからだ。

女に学問は必要ない、まして女が分を越えて、男の知を得ようとすることは、世の秩序《ちつじょ》を乱すものとされる。女には女の文字があり、口頭で伝えられる言葉や簡単な情報を書き留めておくにはそれで十分だから、世の定めに逆らってまで、それ以上のものを知りたいと思う者はほとんどいない。

だが幸いにも、今、淑蓉《しゅくよう》はこの暗がりで一人きりだ。そして幸か不幸か、勤めに縛《しば》られてもいない——母淩蘭《りょうらん》の言った通り、あの後淑蓉自身にも、尚儀《しょうぎ》から異動させる旨《むね》が伝えられたのだった。転任先は告げられなかったから、事実上の馘首《くび》に近い。後宮の人事を司る尚宮《しょうきゅう》が、新たに彼女を押し付ける先を見つけ出すまでは、後見人である母の白琅宮《はくろうきゅう》に預けられることになっている。

——うん、幸か不幸かで言ったら、不幸なんだけど……。

さらさらと響く流水の音に紛《まぎ》れるほどの、微かなため息をついて、淑蓉は書物の頁《ページ》をぱらぱらとめくった。差し当たっての仕事を取り上げられたのなら、と書庫に逃げ込んだまではよかったが、この悩ましい現実は、簡単には頭から去ってくれないらしい……。

と、不意に入り口の方で音がした。続く人の足音に、淑蓉は慌てて頭から布を被《かぶ》って顔を隠す。残念ながら、繙閲所《はんえつしょ》の貸し切り状態もここで終了らしい。新たな来客の望ましくない注意を引かないように、できる限り気配を消していた淑蓉だが、すぐにその努力は意味のないものだと解った。姿を現した足音の主は、ためらう様子もなく真っ直ぐに彼女の方へ歩いてくると、穏やかな声音で話しかけてきたのだ。

「やあ、はかどってるかい。ここで会うなんて、久しぶりだね、淑蓉」

「――親王殿下！」

聞き慣れた優しい声に、微かな笑いの気配が混じっている。反射的に顔を上げ、声の主を見つめた淑蓉は、思わずほっと息をついた。警戒する必要はない、淑蓉がここで本を読んでいても、この人なら咎めたりはしない。……正直に言えば、相対してまるで緊張しないというわけでもないのだが、とにかく他の誰よりも歓迎すべき相手なのは間違いない。

しかし、どうやら彼女は間違えたらしい。見上げた相手は軽く眉を顰めると、不満そうに頭を振る。

「そういう呼ばれ方は嬉しくないな。それとも、少し会わない間に、私の呼び方なんて忘れてしまった？」

「そ、そんなことありません！　えっと、その……」

――天黎《てんれい》様。

「お兄様……」

脳裏に一瞬閃《ひらめ》いた名前の代わりに、馴染《なじ》みの呼び方を口にする。淑蓉《しゅくよう》にとっては気後《きおく》れを感じる呼び方なのだが、しかしこの場合は正解だったようだ。不満の表情から一転、嬉しそうな笑みを浮かべた『お兄様』に、淑蓉もまた心からの笑顔を返した。

『兄』と呼びはしても、もちろん正確な意味では違う。血の繋《つな》がりはないし、実際のところ、そんな呼び方をするのは恐れ多すぎて眩暈《めまい》がしそうなほどだ。すらりとした黒髪の青年は、今夜はあまり華美でない簡素な長袍《ちょうほう》姿だったが、それでも細部を飾る精緻《せいち》な刺繍《ししゅう》は、その装束《しょうぞく》の上等さと同時に、彼の身分も示している。国主の宮廷内において、銀糸の装飾を許されるのは、国主の一族のみである。先立って正式に親王位を与えられた、国主の第二子天黎は、母を除けばこの朔稜《さくりょう》城内で唯一、淑蓉の存在を気にかけてくれる人なのだ。

「君の母上は、私の父の妃となった。君が私を兄と呼んで、おかしなことは何もない」

淑蓉が母に引き取られ、後宮で暮らすようになった頃に出会ってから、天黎は常にそう言ってくれる。もちろん、その言葉が額面通りに受け取っていいものでないことは解っているが、少なくとも天黎は、己の言葉を違《たが》えることはなかった。顔を合わせればいつだって、こうして

優しく声をかけてくれる。母の娘だからと心にもない愛想を言うのではなく、もちろん蔑《さげす》むのでもなく、ただの『淑蓉《しゅくよう》』として扱ってくれる――まるで、本当の『妹』であるかのように。

――…………。

それは、身に余る恩恵である。本来なら有り得ない、分不相応《ぶんふそうおう》な幸運だ。だからきっと、こんな変な気持ちになるのだ――会えて本当に嬉しいのに、言葉を交わせるだけで幸せだと思うのに、同時に息が苦しくなって、逃げ出したいような気持ちにもなる。

「こんな刻限まで、お仕事なのですか？」

落ち着かない気分を振り切るように、淑蓉は何気ない口調を心がけて問うた。こんなにもどぎまぎしてしまうのは、一つには久しぶりに彼と会うせいだろう。昔、彼がまだ後宮で暮らしていて毎日のように会っていた頃は、こんなに緊張はしなかったと思う。王族の男子の習いに従って、天黎《てんれい》が城の外に屋敷を構えてからは、それまでのように顔を合わせることはなくなった。

更にここ半年は、淑蓉が宮女勤めをはじめたせいで、ほとんど会うことはなかった。何度か、後宮で開かれた儀礼的な催しで姿を垣間《かいま》見たことがあったが、下っ端宮女の淑蓉が右往左往している間に見失ってしまい、話をするどころではなかった。元より、天黎はそういう催しに長居する性質《たち》でもない。

国主の子は、宮廷においても、国主の意を代弁する手足となって働かなければならない。忙しい身なのだ、と考えた淑蓉は、そこではたと不安になる。

「その……とても、お忙しいのですか？　お疲れではありませんか」

探るように、相手の顔を見上げる。これほど遅くまで城内に残っているということは、もしかしたら神経をすり減らすような厳しい仕事の案件でも抱えているのかと危惧《きぐ》したが、幸いにもそういう気配は窺《うかが》えなかった。すっきりと整った顔立ちは、少し会わないでいるうちにわずかに鋭い印象を増したようだが、それは疲労や緊張のためではなく、青年らしい精悍《せいかん》さの現れのようだった。灯火の柔らかい光に、黒い瞳が輝く。不思議と引きつけられる微笑《ほほえ》みについ見惚《みと》れてしまう淑蓉へ、天黎は、いいや、と軽く頭を振ってみせた。

「まったく忙しくない、と言うつもりはないけどね。何とかこなしているさ、いつも通りに。ここへ来る時間のことを言っているなら、君の方こそどうしたんだ。後宮の宮女の自由時間は、それほど多くないと思っていたけど」

率直な問いかけは、決して他意を感じさせるものではなかった。むしろ、ここ最近会うことの少なかった馴染みの相手に会えたことを、単純に喜んでいるようだ。しかし、その問いが無邪気であればあるだけ、淑蓉は暗澹《あんたん》たる心地にならざるを得ない。ぎくりと身体を強張らせた彼女は、少しの間言い澱み、けれど結局は恥を忍んで告白せざるを得なかった。

「残念ながら……自由になってしまって……」

「うん？」

「今度のところも、また、駄目みたいで……新しく私を置いてくださる部署が決まるまで、することがないので……」

「駄目って、確か前に尚儀《しょうぎ》に配属になったって言ってたと思ったけど、そこのことか？　でも、まだ半月くらいのものだろう」

驚きとも不審ともつかない天黎《てんれい》の声を聞いて、淑蓉《しゅくよう》は頬が熱くなるのを感じた。当然の反応だ。特にこの兄のような人間には、想像もつかない事態に違いない——幼い頃から俊英《しゅんえい》の誉れも高かった第二王子は、学問だろうが武術だろうが歌舞音曲《かぶおんぎょく》の類《たぐい》であろうが、苦もなくこなしてしまえる人なのだ。

それに引き換え、ほんの半月で匙を投げられる我が身の無能ときたらどうだろう。自分だって自分にがっかりするくらいなのだ。淑蓉は、母が寄越したような呆れたため息を覚悟した。あるいは気まずい慰めの言葉を。

しかし、天黎がくれたのはそのどちらでもなかった。

「ふん、それは怠慢《たいまん》だな」

「え！　ご、ごめんなさい！　でも違うんです、怠《なま》けてたわけじゃ……」

「ああ、違う違う、淑蓉のことじゃない。それは、教える側の怠慢だと言っているんだ。半月か。君が尚儀を理解する暇がなかった以上に、尚儀の者は君を理解してはいなかっただろう。弟子を理解しない師に、弟子が教えを理解しないと非難する資格はない」

「私以外の子は皆、言われた通りのことがちゃんとできるんです。私だけが、うまくできなくて……」

「それこそ怠慢の証明だ、教え方がよくないんだ。正しく教えれば、君がちゃんとできるってことは解ってる——昔、私が教えたときは、どれも最後には完全に習得できたじゃないか」

「それは、お兄様だからです……普通、あんなにまで辛抱強く、私に付き合ってくださる方はいません」

まだ兄が後宮にいた頃、淑蓉はいろいろなことをこの兄から教わった。当時から甚《はなは》だ苦手だった音曲もその一つだ。籥《ふえ》、月琴《げっきん》、竪琴《たてごと》に胡弓《こきゅう》まで、今の淑蓉が曲がりなりにも楽器の音の出し方を知っているのは、全て天黎のおかげである。器用で覚えのいい兄だが、そうした者にありがちな短気とは無縁で、不器用な淑蓉が何度失敗しようと、決して不機嫌になったり、声を荒らげたりはしなかった。できないところは何度でも教えてくれたし、できるようになるまで、ただ黙って待っていてくれる。

自身ができればできるほど、これは難しいことだ。尚儀の老師が気短なのではないと、淑蓉ははっきりと理解している。兄の他に、こんな人はいないだけだ。

その天黎は、しかしまだ、不肖《ふしょう》の弟子の扱われ方に思うところがあるようだ。何か考えを巡らす顔をしたかと思うと、おもむろに淑蓉に尋ねる。

「それで、うまくできなかったっていうのは、どんなこと？」

「え、えっと、箏の練習をしてたんです。でも、私があまりに下手なので、皆の邪魔をしてしまって」

「箏か。昔、少し教えたときは、そんな風には思わなかったけど。——せっかくだから、淑蓉《しゅくよう》、一つ弾いて聞かせてくれないか」

「え！」

「久しぶりに、淑蓉の音が聞きたくなった。いいだろう？」

とんでもない、と言えたらどんなに良かったかしれない。しかし敬愛する兄に、こうも純粋な期待に満ちた眼差しを向けられては、断る術などあるはずがなかった。むしろ全力で期待に応えなければという気にさせられる。

「あ……で、でも楽器は」

「どこかその辺で調達できるさ——弘《こう》」

振り向いて声をかけた天黎《てんれい》に応じるように、扉の暗がりに人影が現れた。弘と呼ばれたその男は、ここ数年、兄が側に置いている侍臣《じしん》らしいが、何せ兄が後宮を出て行ってからのことなのでよく解らない。主人の前で恭しく跪く男に、天黎は慣れた調子で命じる。

「儀典《ぎてん》局に行って、箏を借り受けてきてくれないか。まだ誰かいるだろう。私からの要請だと言ってくれて構わない」

「お兄様！」

「かしこまりました」

　儀典局に収められている楽器となれば、宮廷の華々しい行事に使われるものに違いなく、淑蓉などが濫《みだ》りに手を触れていいものではない。慌てて制止しようとしたが、しかし下命に応じる声の方が早かった。暗がりから現れた男は、従順に一つ頭を下げると、また暗がりへと引き下がって消える。

　――本当に、いいのかな……。

　淑蓉は落ち着かない気分でその姿を見送ったが、一方で天黎には何も気にするところはないようだった。淑蓉の表情に気付くと、安心させるようににっこり笑ったが、やがてその視線は彼女から、彼女の前に置かれた書物に移動する。

「この前まで読んでいたものとは違うな。もう読んでしまったのか。今度は何？」

「あ、えっと、そっちは棕河《そうが》十六州地誌の一番新しい版なんです。ちょうど完成して宮廷に収められたところだそうなんですけど、護書官《ごしょかん》の方が特別に見せてくださって……読み終わったので返してこないと。今読んでいるのは、昔の西方人が書いたもので」

「……見事に西方語だな。これも全部読めるの、淑蓉？」

　ひょいと彼女の側に座った天黎は、この国の書物としては変わった革綴《かわと》じの本を、ぱらぱらとめくって尋ねる。

「全部は、さすがに……。でも、西方語の指南書があれば、半分くらいは」

もしこれが他の人間からの質問だったなら、淑蓉《しゅくよう》は恥じ入って俯き、顔を上げられなくなっただろう。けれど彼に対しては、そんな気まずさを感じる必要はなかった。天黎《てんれい》は彼女を知っている——本を読む娘を叱ったり、奇矯《ききょう》と馬鹿にしたりもせず、逆に知らない文字を教えてくれたようなこの兄には、今更取り繕《つくろ》う必要はないのだ。

はじめは、淑蓉の亡くなった実父の影響だったのだろう。庶民《しょみん》の生まれでありながら、宮廷に仕える官吏となった亡父は、学問の好きな人だった。幼い娘に本を読み聞かせ、やがて娘が一人で読めるようになっても、えらいえらいと機嫌良く褒《ほ》めるだけで、それが女の子にはふさわしくないことだとか、常識的でないだとか、そういうことは何一つ教えてくれなかった。

だから後宮で暮らしはじめたとき、淑蓉は随分と寂しかったものだ。父はいない、もう昔の家には戻れない。その上、父が教えてくれた楽しみまで、手放して忘れてしまわなければいけないなんて——。

けれど、その必要はないと言ってくれた人が、たった一人だけいる。

「驚くな。本は本でも、これは骨董品《こっとうひん》の類だと思っていた。国主に献上《けんじょう》されてから、これに目を通した人間が、この国に何人いるかな」

「紀行文なんです。すごく面白いんです。お兄様もご覧になりますか？」

「残念ながら、西方語はさっぱりなんだ……」

天黎は悲しげに頭を振ったが、むしろそれが当たり前だ。棕河国《そうがこく》において、重要なものは常に東の黄原《こうげん》からもたらされるもので、西へ行けば行くほどに、文化水準は下がっていくとされる。大地の遥《はる》か西には、黄原とはまた別の文化、別の大国があるのだが、五つの河と二つの山脈、砂漠と荒野を越えてようやく辿《たど》り着くその地域はあまりにも遠く、差し迫った脅威とも、友好の必要性に駆られるとも言い難い。

「そうだな、読み終わったら、内容を詳しく教えてくれないか。淑蓉が話してくれるなら、きっと解りやすいだろう。ぜひ聞きたい」

「はい！」

嬉しくなって、淑蓉は勢い込んで返事をした。天黎のこの種の言葉が、決して簡単なお愛想ではないと知っているからだ。いつも真剣に淑蓉の言葉を聞いて、拙《つたな》い彼女の説明から驚くほど鋭い質問をしてくる兄と話をするのは、どんなときでも本当に楽しい。……天黎の方も、少しはそう思ってくれていればいいのだけれど。

「君を、宮廷に任官させられないのが残念だな」

革綴じ本をぱたんと閉じて、天黎は呟いた。

「才を埋《う》もれさせておくのは損失だと、私は常々思っているんだ。君なら、明日から国史院《こくしいん》に置いたとしても、十分以上の働きをするだろう」

国史院とは、その名の通り国史を司る機関だ。この国のありとあらゆることを記録し、精査し、あるいは保存する。記録を残すという立場から、文才が求められるのはもちろんだが、どのような記述でも読み解ける語学力も必要とされる。棕河《そうが》国の官吏登用試験である六科選《ろっかせん》を通過した俊才の中でも、とりわけ優れた才人の配属先として、特別な敬意をもって知られるところでもある。

「まさかそんな！　私はお兄様のおかげで、少しばかり本が読めるだけです」

「私は西方語なんて教えられなかったよ」

過分な称賛に目を丸くする淑蓉《しゅくよう》に、天黎《てんれい》は至って真面目《まじめ》に指摘する。しかしふと思い直したような表情になって、ぽつりと呟いた。

「……でも、たとえ本当に国史院《こくしいん》が欲しいと言ってきたとしても、絶対にやりはしないけど。国史院だけじゃない、宮廷自体駄目だ――こんな男ばかりの場所になんて」

「ええと……私は女ですから、宮廷で働くことはできません、お兄様」

兄の呟きは独り言めいていたが、その響きに何故かぎくりとするものを感じて、淑蓉は思わずそう答えていた。何か言わなければならないような気がしたせいだが、しかしその言葉は、淑蓉に自分のことを馬鹿のように感じさせただけだった。そんなことは、誰にとっても当然に解り切ったことだ。

だがありがたいことに、天黎は彼女を馬鹿扱いするべきだとは思わなかったようだ。そうだね、と答えて、穏やかに微笑む。

「君は、後宮で宮女になるんだった。表のことに関わっている暇はないな。――次の配属を待っているところだと言ったね。どこか、希望する部署はあるのか？」

「き、希望だなんて、そんな大それたこと……」

強いて言うなら、彼女に愛想を尽かさずに長く使ってくれる部署だといいが、これまでの経過を鑑《かんが》みるに、それこそが高望みと言えそうだ。淑蓉は、またしても暗く転がり落ちていきそうな気持ちを何とか押し隠した。いつだって、へまを働くつもりではないのに……。

「……どのような務めに任じられても、精一杯お仕えするつもりです」

天黎は、軽く眉を顰めた。淑蓉の無難な――無難すぎる答えが不満だと、その表情が語っている。淑蓉はいたたまれない気持ちになって、悄然《しょうぜん》と俯いた。

「そう言えば、今までちゃんと訊いたことがなかったな――淑蓉」

「は、はい」

「どうして、宮女になりたいんだ？」

「…………」

「そんなことをしなくても、君は平気なはずだ。父の国主が君の立場を保証している。やりたくないことはやらなくていい。後宮にいる限り、それは君に認められた権利なんだ――もし、特にやりたい仕事がないのなら、宮女になんてなる必要はない」

淑蓉は密かに息を呑んで、その言葉の意味を考える。実際は、宮女の生活に憧れたわけではなかった。もちろん、勤めるからには真剣に励もうとは思っているが、取り立ててその仕事に夢を抱《いだ》いているわけでもない……ましてや母の言うように、花嫁修業などというつもりは欠片《かけら》もない。
だが、何と答えたものだろう。彼女の本心、曖昧《あいまい》な浮ついた心を白状したら、軽蔑《けいべつ》されるか
もしれない――けれど、おずおずと見上げた天黎《てんれい》の表情に、冷たい気配は少しもなかった。
じっと彼女に注がれている視線は、これまでと少しも変わらない。深い闇色の瞳、辛抱《しんぼう》強く、
平静で――何もかもを受け入れてくれるような。
「……私に、認められたものなんてありません」
淑蓉《しゅくよう》は、意を決して口を開いた。真っ直ぐに自分を見つめる瞳の前で、懸命に適切な言葉を
探す。
「国主陛下のご恩情には、本当に感謝しています。母のことを、とても大事にしてくださって
……私のことまで、気にかけてくださって」
だがそれは、淑蓉自身の得たものではない。母の娘、国主の被後見人、後宮の間借り人――
彼女自身は、何者でもないのだ。
「ご恩に、報いることをしなければならないと思うんです。もちろん、国主陛下がそんなこと
を期待されてはいらっしゃらないことは、よく解っているんですけど」
それでも、何かをしたかった。彼女が彼女自身であるためには、どんな形ででも、自分の価
値を証明しなければならない。誰からも何も期待されず、後宮の一隅《いちぐう》で、母のおまけとして何

不自由なく生きていくだけだとしたら、一体彼女の存在に何の意味があるのか。

「与えられた名誉、ということかな」

たどたどしい淑蓉の話を、じっと聞いていた天黎は、やがておもむろにそう言った。

「勝ち取ったものではない、だから君のものにはならない……だけどね淑蓉、それを言ったら、私だって同じことだ。たまたま国主の子に生まれたから、大勢の人間が平伏《へいふく》して、形だけでも価値のある人間であるように見せてくれているに過ぎないんだよ。馬鹿げていると言えば馬鹿げているのだろうけれど、でもその全てを否定するのは、些《いささ》か……傲慢《ごうまん》だとは思わないか」

軽く笑いを含んだ声音が、からかうように耳をくすぐる。淑蓉は、自分の顔が真っ赤に染まっているだろうことは解ったが、それが何故なのかは判然としなかった。面と向かって傲慢と指摘されたことか……それともその声の艶《つや》やかさが、妙な具合に彼女の息を詰まらせてしまったからか。

「……もし、そう聞こえてしまったのでしたらすみません。でも、そうじゃないんです。いただいた……その、『名誉』を、要らないとか投げ捨てたいとか、思ってるわけじゃないんです。ただ、それに見合うようになりたいんです――お兄様みたいに」

名指しされた天黎は、少し驚いたように目を見開いた。国主より親王位を与えられた――つまり後継者たる太子ではない――王子が、地方の統治を司る太守《たいしゅ》の地位のみならず宮廷での官職も得ているというのは、それほど多くはないことだ。国主は純粋に、息子である天黎の能力を買っているということなのだろう。たまたま国主の子に生まれた、という彼の言《げん》は確かにそうだが、しかし彼が人々の敬意を受けるのは、決して『与えられた名誉』のためだけではない。

「そうとも限らないと思うけどね。腹の中でどれほど私を罵《ののし》っていても、平伏していれば解らないものだ」

「お兄様は、それだけの力をお持ちです。ご自身を証明することがお出来になります」

「君も、自分を証明するつもりなのか。だが、宮女でいては平伏するばかりで、誰かに平伏されるる価値は見つけられないいんじゃないのか」

兄の問いに、淑蓉《しゅくよう》は首を横に振った。見つけたいものは、欲しいものはそういうものではない。他人を従わせたいのでも、恭しく扱われたいのでも——偽《いつわ》りの栄華が欲しいのでもない。

「……お兄様は、お城の外にお屋敷をお持ちなのですよね」

何とか説明したくて、淑蓉が懸命に探した言葉は、流れからすると少し唐突《とうとつ》過ぎるものだったようだ。突然、思いがけないことを言われた天黎《てんれい》はわずかに当惑した表情になったが、咎めるようなことは言わず、ただ黙って頷《うなず》く。先を促すようなその仕草に安堵して、淑蓉はつられるように言葉を続ける。

「お兄様のお帰りをお待ちして、お兄様のためだけにあるお屋敷なのでしょう。……私も、そういうものが欲しいのです。あ、その、もちろんお屋敷なんて意味ではないんです！　宮女の房室《へや》で十分なんです——私が、いてもいいって思えるから」

母の側で暮らしている間、ずっと後宮は彼女の居場所ではなかった。母の運命によって巻き込まれた、煌《きら》びやかな異世界。何も不自由はなかったが、いつも空々しくて恐ろしかった。恐ろしいのは、自分に何もないからだ。まるで糸の切れた凧《たこ》のように、虚空《こくう》を漂う心許《こころもと》なさ。どこかに糸を巻きつけなければならない――他の誰でもない、彼女自身の力で。

少しの間をおいて、決意と緊張で身を強張らせている淑蓉の耳に、小さなため息が聞こえた。

「……君の言いたいことは、解るような気がするよ。私も、あそこにいたんだからね」

淑蓉は、はっとして彼を見つめた。そのため息が、どこか深いところから漏れ出したもののような気がしたからだ。天黎は正しく認められた国主の息子に違いないが、母の妃は、淑蓉が後宮に来るより前に亡くなったと聞いている――こんなことは考えたことがなかったけれど、もしかしたら彼も、後宮を居心地悪く感じたことがあったのだろうか。

「では、探すといい。君が本当に望むものを」

だが、その思いつきの手がかりを示すようなものは、その後の彼の仕草や表情のどこにも見つからなかった。そう言うと、天黎は信頼の証を与えるように一つ頷いてみせる。そしてふと表情を変えると、恐ろしいほど真面目な様子で淑蓉を覗《のぞ》き込んだ。

「――でも、一つだけ、忘れないでいてくれないか」

「はい……？」

「ずっと、君の居場所はちゃんとあるんだ。保証する。いつでも、何があっても、君は私の

——大事な、妹なんだから」

その言葉を、どう受け取ればいいのだろう。兄の顔を見上げたまま、淑蓉《しゅくよう》は息を詰めて固まってしまう。心のほとんどの部分は、嬉しさで叫び出しそうになっている。満面の笑みを浮かべて、衝動のままに彼に抱きつけたら——けれど同じ心の中には、それとは相容《あいい》れない感情があって、彼女の動きを妨げている。楔《くさび》のように彼女の心の奥に突き刺さるそれは、恐れのようでもあり……何故か、落胆のようにも感じられた。

よく解らない。こんな風に感じなければならない理由なんて、どこにもないのに。この国の親王殿下、優しくて聡明《そうめい》な『お兄様』——本来なら手も触れられない立場の人なのだと、よく解っている。こうして気にかけてもらえるだけで、十分すぎるほどの親切だ——偽者《にせもの》の『妹』が受けるには、十分すぎるほどの。

目の前の天黎《てんれい》が、怪訝そうに彼女を見返す。その瞳に、たじろいだような当惑の色が閃《ひらめ》くのを見て、淑蓉は自分がひどい無作法を働いていることに気付いた。しまった、何か言わなければいけない。せっかく示された心遣いに対して、彼女は礼を言うどころか、呆《ほう》けたように黙りこくっているだけなのだ。既に適切な瞬間を逸《いっ》したことを知り、内心ひどく焦《あせ》りながら、淑蓉が曖昧な笑みを浮かべかけたとき。

「殿下」

不意に、離れたところから声がかけられる。予想しなかった第三者の出現にぎょっとした淑蓉だが、おかげで息詰まる沈黙が破れたことには少なからずほっとした。現れたのは、先刻、天黎の指示に従ってここを離れていった侍臣だ——美しい布に包まれた楽器を抱えている。

「ああ、そうだった」

荷物を受け取って、再び侍臣を目につかないところに下がらせた天黎は、何気なくそう言って淑蓉を振り向いた。その態度には、一瞬前までのことを引きずる気配はない。謝らなければならないだろうかと逡巡《しゅんじゅん》する淑蓉の前に、優雅な仕草で、布を取り去った箏を据える。

「さあ、弾いてみせて」

「は、はい」

結局、機を逸した話題を蒸し返すことはできず、淑蓉は促されるままに箏へと向き直った。途端《とたん》、じわじわと湧《わ》き上がってくる緊張に、淑蓉は小さく拳《こぶし》を握りしめる。しかしその緊張は、尚儀《しょうぎ》の宮女たちと並んで恐る恐る弦を爪弾《つまび》いていたあのときのものとは少し違った。叱責を恐れる緊張ではないからだ——この人の前で、ほんの少しでも、立派なところを見せたいのだ。

「何を……弾きましょう」

「尚儀で教わっていたのは何だった？　それでいい」

情けない記憶が脳裏をかすめ、淑蓉は一瞬身動《みじろ》ぎしたが、それでも断る理由はない。譜面は、まだちゃんと頭に入っている。たとえ上手に弾けなくても……上手には弾けないからこそ、他にできることは何でもしようと努めた結果だ。

一つ息をついて、最初の音を鳴らす。本来は軽快なはずの旋律だが、しかし淑蓉《しゅくよう》のぎこちない指使いでは、とても流れるようにとはいかない。何とか間違わずに、一音一音を辿るのが精一杯だ。

不器用な音色に、しかし天黎《てんれい》は何も言わなかった。ただ黙って耳を澄ませている。淑蓉は必死で、頭の中の譜を追った。上手に弾きこなせないのは解っている。せめて落ち着いて、正確に、間違えないように……。

「…………！」

しかしそう思った瞬間、気の抜けるような音がした。明らかに、旋律には有り得ない音である。淑蓉はかっと頭に血が上るのを感じた。間違えた、間違えたのだ、あんなに気をつけていたのに……。

「——右手はここ」

不意に、耳元で囁く声がする。思わず肩を震わせた淑蓉は、目の前にいたはずの天黎が、いつの間にか背後に回っていることに気付いた。大きな手が優しく彼女の手を取って、正しい位置へ導いてくれる。

「左は、もっと思い切って押していい……そう、それでやってみて」

もう一度、と促す声が近い。すぐ側に感じる身体の気配に、頭の芯《しん》がくらくらする。耳に響く鼓動の音がやけにうるさいと思う他は、何も考えることができず、淑蓉はただ呆然としたまま、言われるがままに手を動かした。感じるはずのない温度さえ、感じるような気がする。まるで後ろから抱きしめられるような――もちろんそんなはずはない。子供の頃から、ずっとやってきたことだ。兄はいつもこうやって、彼女に弾き方を教えてくれた。

「……ありがとう、ございます」

出来の悪い『妹』に、兄はいつだってとても優しい。淑蓉は密かに息をつくと、余計なことは全て頭から追い出して、目の前のことに集中しようと努めた。それだけが唯一彼女にできる、彼の善意に報いる道なのだから。

本来なら触れられなかったはずの手が、こうして重ねられている幸運を、喜ぶべきかどうなのかはついに解らなかった。

二章　東園《とうえん》の宴《うたげ》

国主の宮殿に隣接して広がる東園は、淑蓉《しゅくよう》の想像以上に広大な場所だった。なみなみと水が流れる水路は、到底、庭園用に作られた川とも思えない大きなものだ。凪《な》いだ水面《みなも》に、新緑と色とりどりの春花が鮮やかに映り込んでいる。

実際に、東園は広大な面積を誇る。宮殿と比較すれば、その半分ほどの広さがあって、祝賀や葬祭の式典の際に文武百官が打ちそろって跪《ひざまず》く御門前広場よりもまだ広い。園内に幾つもある高い築山《つきやま》、角度による見え方まで十分に考えて配置された木々や草花の眺《なが》めも相《あい》まって、ここを訪れる人は一歩進むごとに、まったく別の場所にいるような気分にさせられるのだ。

「何を呆《ほう》けてるんだい。ぐずぐずしてないで、さっさとおいで」

はじめて足を踏み入れた者なら言葉を失う圧巻、しかしそれも母にとっては何ということもないらしい。凌蘭《りょうらん》は、庭園の門をくぐった瞬間から慄《おのの》いて立ち竦《すく》みそうになっている娘を追い立てるようにそう言うと、案内役の宮女を従えてすたすたと先へ進んでいく。国主の妃の一人として、母は毎年ここに来ているから、とうに慣れたものなのだ。

淑蓉はため息をつくと、恐る恐る母について歩き出した。といっても、恐れているのは庭園

の壮麗さだけではない。耳元で玉の飾りが微《かす》かに音を立てるたび、淑蓉は縮こまりたいような
気にさせられる。肌に触れる絹布のさらさらとした感触が、ひどく落ち着かなかった。凝った
形に髪を結われ、目にも綾《あや》な衣裳《いしょう》を着せられ、宝玉や細工物でまるで人形のように飾り立てら
れては、恥ずかしくて顔を上げられない。
もっとも、母にしてみれば、これでもまだ不満らしい。美しいが大人しい色味の衣裳を選び、
命じられて着付けを手伝ってくれた母の側付きの宮女に泣きついて、高価すぎる装飾は何とか
外してもらった淑蓉の姿を見て、「若い娘が地味すぎる」と文句をつけたものだ。とはいえ淑
蓉にも、これ以上のことを甘受《かんじゅ》する余裕はなかった。本当は、支給された宮女のお仕着せを着
ていたいくらいなのだが、国主の宴にそんな恰好《かっこう》で出ていくような無作法はさすがに許されな
いと解《わか》っている。宴の格式には敬意を払う必要があるから、泣く泣く着飾られはしたが、これ
以上は本当に勘弁《かんべん》してほしい。

――それでなくても、すごく浮いてるのに……。

淑蓉は、少し離れたところで目立たないように跪いている宮女たちを見やった。今日の宴に
は国主と妃嬪《ひひん》たちだけではなく、有力者や高位の官吏たちも多く招かれている。彼らをもてな
すために、庭園の至るところに、後宮の宮女や国主の随身《ずいじん》が控《ひか》えているのだ。仕事を与えられ
て、あの中に紛《まぎ》れていられたら、どれほど良かったか……。

「馬鹿をお言い。これは大事な宴なんだよ。おまえのような危なっかしいのに、仕事をさせる

はずがないだろう」

つい何気なく本音を漏《も》らした淑蓉《しゅくよう》に、しかし凌蘭《りょうらん》はすげなくそう答えた。その『大事な』宴を、面倒扱いしていたことはすっかり棚に上げている。淑蓉は指摘するべきか、それとも母に乗り気で今日の行事をこなしてもらうために黙っているべきか迷ったが、その結論を出す前に、凌蘭が小声で合図を寄越す。

「ほら、ちゃんとおし。まずはあそこだよ——とにかく、最初にご挨拶《あいさつ》はしなくちゃならないからね」

人工の川のほとり、新緑の間から爽《さわ》やかな空気が感じられる眺めのいい場所に、人々が集まっているのが見えた。その中心には、緋塗《ひぬり》に吉祥《きっしょう》の細工が彫《ほ》り込まれた柱で支えられた天幕がある。強い日差しは遮《さえぎ》るが、快い程度の明るさは保つ特殊な織りの天幕は、中にいる高貴な人々を、雨風その他屋外のあらゆる不愉快から守るためのものだ。

天幕の外に控えていた宮女が、凌蘭の姿を認めると、深々と一礼して奥へと引っ込んだ。やがて再び現れると、丁重な口調で申し述べる。

「我が主が蘭妃に拝謁《はいえつ》をお許しになります。どうぞこちらへ」

動じる様子もなく、天幕の下に足を踏み入れる母の後ろについて歩きながら、淑蓉は消え入りたいような心地だった。周囲の人々の視線が注がれているのを感じる。国主の妃に対する礼を失しないよう、皆、素早く首を垂《た》れはするが、しかし気配は隠しようがない。離れたところにいる来賓《らいひん》であろう男たちが、あれは誰だというように隣に話しかけるのが、視界の端《はし》に映った。後宮の外では、淑蓉の存在は聞いていても、姿を見たことがない者も多い。

淑蓉は、丸くなりそうな背中を懸命に伸ばした。本当は、逃げ出したくてたまらない。だが実際にそうすることができない以上、ここで情けない態度を取っていても仕方がない。彼女がみっともなく見えれば、それは母の悪評になるのだ。

天幕の下に設《しつら》えられた椅子《いす》に座っている貴人は一人だった。すっと背を伸ばして座る、小柄な女性。その足下に、厚い綿入りの布が敷いてある。凌蘭は彼女の前に進み出ると、澱《よど》みない動きでその布の上に膝《ひざ》をついた。淑蓉も母の後ろで、遅れることなく跪く。

「国后陛下に、謹んでご聖安をお伺い申し上げます。お招きいただきましたこと、伏して御礼申し上げます」

「蘭妃。お越しいただいて嬉しく思います」

細い声が、型通りの答礼を返す。国主の寵《ちょう》を得て、ほぼやりたい放題の凌蘭だが、この声にだけは平伏《ひれふ》さざるを得ない。国后佳琳《かりん》、一字を取って佳后《ごう》と称されるこの女性は、正式な儀礼に則《のっと》り朔稜《さくりょう》城に迎えられた国主の正統な妻であり、後宮の全てを取り仕切る主である。

顔を上げる許しが下され、淑蓉もまた失礼にならないよう目を伏せながら上体を起こした。国后用の華麗な背の高い椅子に腰かけた佳琳は、儚《はかな》げな風情《ふぜい》の美しい女性だ。歳は凌蘭よりも七つか八つほど上のはずだが、とてもそうは見えない。艶《つや》やかな黒髪には、白いものの一筋もなく、控えめな表情を浮かべる顔は若々しい。華やかというよりは、清楚《せいそ》という言葉がぴったりの趣《おもむき》で、同じ美人でも、母凌蘭《りょうらん》とはちょうど正反対の印象である。

「楽になさってください、凌蘭様。しばらくお目にかかりませんでしたが、お元気でお過ごしですか」

「おかげさまで、何とかやっておりますわ。佳琳《かりん》様にもお変わりなく、安心致しました」

正反対ではあるが、凌蘭と国后の仲はそう悪くない。もちろん後宮の女同士、腹蔵《ふくぞう》なく仲良くというわけにもいかないが、少なくとも互いを罵《のの》り合ったり、陥《おとしい》れようと画策したりせず、煩《わずら》わしくない距離を保てる間柄である。「あの人は品のいい方だよ」というのが凌蘭の意見だ。

「お花はご覧になりまして？　梅はもう終わりのようですけれど、桃は大層綺麗《きれい》に咲いておりますよ。それに牡丹《ぼたん》」

「ここへ来る道すがらに、少しばかり。先に両陛下にご挨拶をと思っていたんですが、一足遅かったようですわね。国主陛下はどちらに？」

「太子を連れて、散策にいらっしゃいましたわ。大勢の方がお見えですから、途中でお話が多くて、まだお帰りにならないかもしれません」

棕河《そうが》国の世継《よつぎ》である太子は国主の嫡男《ちゃくなん》で、国后佳琳の生んだ息子でもある。慣例通り、国主の宮廷で内政の実務を取り仕切る尚書令《しょうしょれい》の地位を与えられ、その権力を掌握《しょうあく》しつつあるところだ。父と息子が二人でいる機を逃さずに、何かと注進に及びたがる者は多いだろう。答えを得た凌蘭は、そうですか、と頷《うなず》いた。

「では陛下と太子殿下へのご挨拶は、後ほどにさせていただきましょうか。落ち着いた頃に、探しに参りましょう」

「――それで今度は、陛下に何を申し上げるおつもりか」

不意に、男の声が割って入った。これまで、国后の背後に控えていた男が、突然口を開いたのだ。

歳の頃は四十と少しか。中肉中背、国主の宴の場にふさわしい、豪奢《ごうしゃ》な刺繍《ししゅう》入りの服を身につけている。他者を圧する重々しい威厳を纏《まと》い、また本人もそれを自負しているような顔つきだった。注がれる眼光は鋭く、険しい。

到底、友好的な様子ではない。一体、この男は何者だろうと、淑蓉《しゅくよう》は驚いて目を瞬《また》いたが、応じる母の言葉でようやく彼の正体を知った。全く動じる気配もなく、どころか悠然《ゆうぜん》とも言えそうな仕草で、凌蘭は男に目を向けると、わざとらしく言い放つ。

「これは戴師傅《たいしふ》。本日もご機嫌《きげん》よろしく、まことに重畳《ちょうじょう》ですこと」

戴毅昌《きしょう》は、棕河国太子士傑《しけつ》に付いていた教育係の一人である。太子の教育に携《たずさ》わることを許されるということは、次代において国主の有益な助言者となることを期待される立場だという ことだ。宮廷の権力構図などまるで解らない淑蓉でも、名前を知っているくらいの『偉い人』だ。

そんな人物が、こうも険悪な態度で接してくる理由があるだろうか。淑蓉《しゅくよう》は身を固くして、後ろから密かに母を睨《にら》みつけた。

——お母さん、何やったの！

「もちろん、あなたはご機嫌でしょうな、蘭《らん》妃。今日も、あなたに尻尾を振りたがる飼い犬どもがうろうろしている」

「何のことを仰《おっしゃ》っているのか解りかねますけど、犬は嫌いじゃありませんわ。特に主人に忠実で、芸の出来る犬ならなおさら」

「しかし宮城は、四つ足の獣が歩き回っていい場所ではない。いくら禁門を守っても、白琅宮《はくろうきゅう》から湧《わ》いて出るなら無駄《むだ》なことだ……」

「戴師傅《たいしふ》」

佳琳《かりん》が傍《かたわ》らに目配せをする。毅昌《きしょう》は一応は黙ったが、依然苦々しい表情を崩《くず》すことなく、そしてそれを窘《たしな》めるには、佳琳の声はあまりにもか細かった。彼女は困ったように視線を彷徨《さまよ》わせたが、そこで話を逸《そ》らすちょうどいい口実を見つけたようだった。

「そう、そう言えば、そちらもお久しぶりですね……淑蓉さん、だったかしら」

「！　は、はい！」

突然水を向けられて、淑蓉は畏《かしこ》まって平伏した。淑蓉が直に国后の前に出るのは、年に一度、後宮に置いてもらえていることを主に感謝する儀式のときくらいのものだ。それも完全に手順

が決められた儀式だから、国后から個人的に言葉を賜《たまわ》るということはまずない。

「すっかり美しい娘さんにおなりね。東園にいらっしゃるのは、はじめてですか」

「おそ……恐れ入ります。はじめてこのような名誉を賜りましたこと、深く感謝申し上げます」

しかも噛《か》んだ。頬がかっと熱くなって、淑蓉《しゅくよう》は思わず縮こまる。自分の要領の悪さときたら、罵りたくなるというよりは、むしろ自分でも哀れをもよおしてくるほどだ。叱責《しっせき》されるだろうかと恐々《きょうきょう》としたが、幸いにもそういうことはなかった。結局のところ、彼女は口実に過ぎない。

「きっと楽しんでいただけると思いますわ」

柔らかな、しかし意識された平板な声音は、退出を促《うなが》す合図である。淑蓉は深々と頭を下げた。母が辞去の言葉を告げ、国后が答礼を返す。

母に従って立ち上がった淑蓉は、視線を感じて慌《あわ》てて目を伏せる。儀礼的な微笑を浮かべて見送る国后の横で、戴毅昌《たいきしょう》がじっとこちらを見つめていた。先刻までの険悪さは少し薄まり、いろいろと思い巡らすような様子である、きっと彼も、淑蓉を物珍しく見ているのだろう。

それくらいは、構わない。——願わくば、それで彼の気が逸れてくれていればありがたいのだが。

「……お母さん」

国后の天幕を出て、人の耳が十分に離れたことを確かめてから、淑蓉は声を潜《ひそ》めて訊《き》いた。

「さっきの、どういうこと？　どうして、戴師傅《しふ》とお知り合いなの？」

「別に知り合いたくなんかなかったんだけどねえ」

「向こうもそんな感じだったけど……。お母さん、一体あの人に何をしたの」

「どうして私が何かしたって決めつけるんだい。どう聞いても、失礼なのはあの男の方だったじゃないか」

凌蘭《りょうらん》は不満そうにそう言ったが、淑蓉は疑いの眼差しを逸らさなかった。彼女は母を知っている——何も理由がなくて、宮廷の身分ある人があんな態度を取るわけがないし、もし何か理由があるのなら、間違いなく傍若無人《ぼうじゃくぶじん》な母に原因があるのだろう。

「まったく、いけ好かない男だよ。文句があるなら私じゃなくて、陛下に申し上げるのが筋ってもんだろうに、そうはしないんだからね。あんなところに突っ立って、何様のつもりだろう。佳琳《かりん》様はいい方なのに、どうしてあんな男に気を許してらっしゃるのか——」

「お母さん！」

いよいよまずい方向に行きそうな母の言葉を、慌てて遮る。もちろん他者に聞かれてはいないはずだが、それでも何かの間違いで誰かの耳に入らないとも限らない。淑蓉は息を詰めて、慌てて辺りを見回したが、当の凌蘭は平然としたものだった。

「まあ、そんなことはどうでもいいんだ。さて、義理は果たしたことだし、ここからが本番だよ——淑蓉」

不意に真面目《まじめ》になった母の声に、淑蓉《しゅくよう》は意識を引き戻される。彼女としては、今、国后陛下に挨拶をしたことで、すっかり一仕事果たしたつもりでいたのだ。本番とは何のことか、ときょとんとする淑蓉に、凌蘭《りょうらん》は不吉なまでににっこりと笑ってみせた。

「言っただろう、鈍《どん》くさいおまえでも、良さそうな男を引っかけられるかもしれないって。さあおいで――芸の達者な可愛い坊やたちが、いろいろと楽しませてくれるはずだよ」

＊　＊　＊

淑蓉が、母の仕組んだ罠《わな》から何とか脱出を果たせたのは、それから一刻《いっこく》も経ってからのことだった。

「……お母さんってば、本当に何考えてるのよ……」

柳の木陰、誰もいない場所に身を隠しながら、淑蓉は密かに嘆息《たんそく》した。まったく、こんなこと上手くいくはずない。

東園を歩き回っている間、母の許には引きも切らずに人々が挨拶にやってきた。王公や地方の有力者たち、宮廷の高官も一通りは訪れただろう。母の後ろに控えているとはいえ、そうした人々と近く顔を合わせるのは恐れ多くてたまらなかったが、しかしそれよりも淑蓉を怯《おび》えさせたのは、若い官吏《かんり》たちだった。彼らが母に丁重に頭を下げるたび、母は意味ありげな目配せをくれて、何かと淑蓉を会話に引き込もうとするのだ。

一口に官吏と言っても、宮廷に仕える百官の全てが、この東園に招かれているわけではない。彼らは若くして、棕河《そうが》国の官吏登用試験である六科選《ろっかせん》を突破し、同世代の中でも特に将来を嘱望《しょくぼう》される俊英《しゅんえい》なのだ。到底、淑蓉などが気軽に口を利《き》ける相手とも思えない。母の威光のおかげか、彼らは皆親切で礼儀正しく彼女に接してくれたのだが、それが却《かえ》って心苦しくもあった。こんな優秀な若者たちに、彼女の機嫌を取るなどという仕事をやらせるべきではない。

結局、散々に神経をすり減らした挙句《あげく》、母が高位の客に捕まって外せないでいる機をとらえて、淑蓉はようやくその場を逃げ出したのだった。もう少しあの場に居続けていたら、きっと業《ごう》を煮《に》やした母は、手近にいる不運な若者に娘を押し付けたに違いない。

——それにしても……。

何だか変だ。ようやく落ち着いてものが考えられるようになって、淑蓉は改めてそう感じずにはいられなかった。どうしてこんなことになっているのか——どうしてあんなにも多くの人が、母の許にやってくるのか。

もちろん、それ自体がおかしいということではない。何と言っても、母は国主の妃であるのだから、それなりに敬意は払われるはずだ。しかしこの東園の宴は国主の開くものであるから、儀礼上、招待客が必ず挨拶をしなければならないのは国主、国后だけである。

けれど、あの場に集《つど》ってきた人々にとって、どうやら母は決して素通りできない人物として位置づけられているようだった。特に若者ほど、その反応は顕著《けんちょ》だった。彼らは皆、母に恭《うやうや》しく、丁重に傅《かしず》きさえするのだ——まるで彼女自身に仕えているかのように。

不意に、淑蓉《しゅくよう》の脳裏に、先刻聞いた言葉が蘇《よみがえ》る。

——今日も、あなたに尻尾を振りたがる飼い犬どもがうろうろしている。

国后の許で、戴毅昌《たいきしょう》は母を睨《ね》めつけてそう言った。母は何も教えてはくれなかったけれど、あれはどういうことだったのだろう……。

「！」

しかし、その思考は突然断ち切られる。低木の茂みが、がさりと音を立てたのだ。小動物の類ではない、もっと大きな——人間。

国主の庭園の花木に気を遣う風もなく、無遠慮に押し退《の》けて現れたのは、一人の若い男だった。背が高く、仕立てのいい袍《ほう》をきちんと着こなしている様《さま》は、国主の宴に席を占めるにふさわしい、非の打ちどころのない貴公子ぶりである。しかしその一分《いちぶ》の隙《すき》もない雰囲気には、他者をたじろがせるようなところがあった。凛《りん》とした顔立ちは、少し微笑《ほほえ》みさえすれば他人に好ましい印象を与えるだろうが、板についたような厳《いか》めしい表情から、それを想像するのは難しい。

と、次の瞬間、その表情がわずかに動いた。どうやら彼の方でも、ここに人がいるとは思っていなかったらしい。青年と正面から目が合ってしまい、淑蓉はぎょっとしてその場に立ち竦《すく》んだが、すぐに彼の素性に思い当たって、いよいよ竦み上がってしまう。衣裳を飾る銀糸の刺繡は国主の一族のもの……中でも、紅玉の玉帯を許される人物となれば一人しかない。

「――士傑《しけつ》太子殿下……！」

こんなに間近で見たことなどない、けれど間違うはずはなかった。国主の嫡男であり、国后佳琳《かりん》を母に持つ由緒正しい生まれの太子は、次代のこの国の主として、広く名を知られている。

貴人中の貴人の予期せぬ出現に、淑蓉は反射的にその場に跪いた。後宮での宮女のしきたりに従って、深々と首を垂れる。

だが少しの間、辺りには奇妙な空白が満ちた。勢いよく地に顔を伏せた淑蓉もまた、そのままの姿勢を保ったまま、違和感を覚える。普通こういうときは、貴人はこちらを特に気にせず立ち去るか、あるいはこちらに立ち去るよう命じるかするものだが、目の前の青年からは何の反応もない……。

「……そこまでする必要はない」

やがて、おそらく互いに居心地の悪くなるほどの時間が経った後、淑蓉の頭上から冷静な声が降ってきた。

「我が国の宮城の儀礼では、屋外での叩頭《こうとう》は免除されている。そちらも、泥《どろ》で衣を汚したくはないと思うが」

「えっ⁉」

淑蓉《しゅくよう》は慌てて顔を上げる。途端、彼女を見下ろす太子を正面から見つめることになってしまった。無感動な瞳《ひとみ》が真っ直ぐに自分に据えられているのを知り、気まずくなって再び曖昧《あいまい》に頭を下げる。

「す、すみません。失礼を……」

「礼を失してはいない。過ぎているだけだ。もっとも、そちらがそうしたいのなら、受けるのが私の義務だ」

淡々とした声音《こわね》には感情というものが窺《うかが》えなくて、淑蓉は彼が機嫌を損《そこ》ねているのかどうか解らなかった。このまま再び地に伏すべきか、それとも立ち上がるべきか、彼がどちらを望んでいるのかも判然としない。

太子は、依然としてにこりともしないままだったが、そのまま立ち去ろうともしなかった。どうするべきか決めかねている彼女の動きを怪訝《けげん》に思ったのだろうか、わずかに首を傾《かし》げて問う。

「新入りの宮女か」

「え……っと、は、はい。その……一応」

「だが、その形は」

そうだった、今の彼女は宮女のお仕着せ姿ではないのだ。せっかく忘れていた、飾り立てられた自分の姿を思い出して、淑蓉はまたしても微妙な対応の問題を背負い込んでしまったのを

感じた。こんな恰好をして働く宮女などいない。自分の素性を告げるべきだろうか……。

しかし、結局彼女がその答えを出す必要はなかった。淑蓉《しゅくよう》の姿に、何か考え込むように眉根を寄せた太子は、彼女が何か言うより早く、低くそれを呟《つぶや》いたからだ。

「もしや――白琅宮《はくろうきゅう》の」

瞬間、淑蓉はぎくりと身を震わせずにはいられなかった。眇《すが》められた太子の瞳が、これまでとは違う色を帯びる。貫くような視線は、まるで彼女の中に何か不都合を見透《みす》かそうとするかのようだ。敵意とまではいかないが……少なからず不快そうな眼差しに見える。

そういえば、と淑蓉は思う。先だって、母に険悪な態度で臨《のぞ》んだ戴師傅《たいしふ》は、この人に仕えているのだ。

急に鼓動が強く打ちはじめる。宮廷の高貴な人々の間で、何が起きているのだろう。彼女は――母は、一体どう思われているのだろう。訊《き》いてみるべきだろうか……そんなことが許されるのか……。

「――こんなところにいらっしゃったんですか」

だが、息詰まる空気を破ったのは、予想しない声だった。淑蓉ははっと息を呑《の》んで、声の方を振り返る。予想しなかった――けれど耳に馴染《なじ》んだ、その声。

「皆が探していましたよ。逃げてくるとは、あなたらしくもないことですね、太子殿下」

柳の陰から姿を現したのは、見慣れた姿だった。いや、見慣れたと言うのはおかしいかもしれない――その声を、姿を認めた瞬間、妙に気恥ずかしい気分になるのだから。けれどそれは決して不快なものではない。

――天……お兄様。

むしろ心から安堵《あんど》して、淑蓉は彼を見上げる。ほっとして笑みさえ浮かべた彼女を見やった天黎《てんれい》は、しかし一瞬驚いた顔をして、次いで不愉快そうに顔をしかめる。その表情のまま太子に向き直ると、低い声で問い質《ただ》す。

「……彼女を跪かせたんですか？」

「誰が？　私がか」

実際にその問いを受けた太子は、わずかも動じる様子なくそう応じた。気を悪くした風でもない、常の淡々とした言い方だが、しかし側で聞いていた淑蓉の方が焦《あせ》ってしまう。彼女が勝手に跪いたのであって、太子に責は一つもない。

「あの、違うんです！　その……親王殿下。私がものを知らなくて、つい……」

慌てて立ち上がろうとしたが、足がもつれてうまくいかない。よりみっともない恰好で、再度地面に突っ伏しそうになった淑蓉だが、幸いなことにそれは未然に防がれた。素早く膝を折った天黎が、手を出して支えてくれたおかげだ。

しかしその光景は、傍観者《ぼうかんしゃ》の目にどう映ったのだろう。冷ややかな視線を感じて、淑蓉は顔を上げた。太子は二人の様子を見下ろしていたが、やがて天黎に向かって言った。

「……おまえも、勝手に跪くのだな」

「跪きたいと思うときにはそうしますよ」

「だが、おまえにも義務がある——膝を折るべき相手は選ぶことだ」

その言葉が、どの程度淑蓉《しゅくよう》に対する非難だったのかは解らなかった。言うべきことは言ったと思ったのか、太子はこちらの反応を見ることもなく踵《きびす》を返す。颯爽《さっそう》とした足取りはあっという間に、振り返りもしない彼の姿を緑の茂みの向こうに消した。

太子の後ろ姿を見送って、淑蓉は無意識に詰めていた息を吐き出した。よもや、太子殿下にこれほど近く行き会うとは思わなかった。何をされたわけでもないが、それにしても彼は……近付きがたい。

「——大丈夫、淑蓉？」

が、すぐ間近で問う声がして、淑蓉ははっと現状に意識が戻るのを感じた。目の前では、膝をついた天黎《てんれい》が、気遣う眼差しで彼女を覗《のぞ》き込んでいる。淑蓉は目を瞬き——太子の最後の台詞を思い出す。

「！　すみません！　わ、私は大丈夫ですから！」

この人に、こんなことをさせていいはずないのだ。淑蓉は思わず身を引きそうになったが、しかしそれは叶《かな》わなかった。天黎は彼女の手を握ったまま、離れてくれない。逆に彼女を引き寄せると、真剣な顔で更に問う。

「あの人と何かあったのか？　あの人は——君にそうしろと言ったのか」

「いいえ、そうじゃないんです。私が間違っただけで——」

　天黎の声音は静かではあったが、聞き間違いようのない猜疑《さいぎ》の響きがあって、淑蓉は懸命にそれを晴らそうと努めた。太子は捉え難い人だったが、彼女に何も強制はしなかったのだ。たまたま太子とここで鉢合《はちあ》わせたこと、驚き慌てた彼女が思わず後宮式に礼をしてしまったことを話すと、天黎はなおも物思わしげな表情ではあったが、一応は納得して頷いてくれた。

「そう、それは災難だったな。まあ、君に対して何かするのは、あの人の芸風でもないか……。さあ、立ち上がれる？」

　言って、天黎はすいと立ち上がる。力強い手に支えられて、淑蓉もようやく立ち上がることができた。

「良かった、汚れてはいないみたいだ。今日は随分綺麗《きれい》な恰好をしているから、染みでもついたら大変だろう」

「そう、そうなんです！　母が無理矢理……。あ、それよりすみません！　私のせいで、お召し物が汚れたりしたら……！」

　自分のことならいい、せいぜい母に怒られれば済むことだ。しかし親王殿下の銀糸の袍を汚しでもしたら、到底責任など取れない。

「ああ、別に構わない」

「構います！　親王殿下の衣裳にそんなこと……」

「どうせ反省するなら、別のことでしてもらいたいな」

再び膝を付きかける淑蓉《しゅくよう》を制して、天黎《てんれい》は言った。彼女を見つめる瞳には、いささか不機嫌が宿っている。

「私に、そんな呼び方はしないと言っただろう」

「あ、す、すみません……お兄様」

今、彼をそう呼ぶのは簡単だった。……そう呼ぶたびに、誇らしいと同時に、密かに落胆めいた気持ちにもなる彼女の内心の問題はともかく、二人きりのときであれば、彼を『兄』と呼べる。もうずっとそうしてきたのだから。

「でも……太子殿下がいらっしゃったので」

だがそれはあくまでも、二人だけが認識している関係だ。他の人々に、自分たちがどう見えるか、淑蓉ははっきりと理解している。国主の御子《みこ》と、後宮の間借り人──『お兄様』などと呼べる立場ではない。他人の耳に入れば、必ず余計な注意を引く。淑蓉が、分不相応《ぶんふそうおう》な振舞いに及んでいると見られるくらいなら、まだいい──もし、それを許している天黎の名に傷が付くようなことになったら。

「誰がいようと関係ない。父の国主が君の母上を妃にしたときから、君は我が一族に迎え入れられている。誰に憚《はばか》る必要もない、明らかな事実だ……ああでも」

そこまで言うと、天黎は何かを思いついたように言葉を切った。そのまま黙り込みそうな気配だったが、不自然な中断に心配顔をする淑蓉を無視できなかったらしい。何とも言えない表情で彼女を見返すと、わずかにためらいがちに言った。

「……もっとも、その考え方でいけば、君はあの人のことも『兄』と呼ぶことになるわけだけど」

「誰を……太子殿下をですか!? まさか、そんなことできません！」

士傑《しけつ》太子は、天黎にとって異母兄《いぼけい》であるから、単純に繋《つな》がりだけを考えればそういうことも言えなくはない。しかし現実にはまず不可能だ。淑蓉は、先刻出会ったばかりの太子を思い浮かべた。あの威厳に満ちた高貴な人が、彼女にそう呼ばれて喜ぶとはとても思えない。

――それに、あの方は……。

「まあ、その方が賢明だね」

淑蓉の答えに、天黎は機嫌よく笑った。慕《した》わしい笑顔に心が解《ほど》けるような心地がして、淑蓉はふと、それを口にしようという気になった。太子には、とてもではないが訊けなかった。他の誰にも――けれど天黎になら訊ける。どんなことでも受け入れてくれる、彼女の優しい『お兄様』になら。

「お兄様、あの……お聞きしたいことがあるんです」

淑蓉がそう切り出すと、天黎は小さく首を傾《かし》げた。彼女の突然の言葉が、思いがけず深刻な雰囲気を持っていることに気付いたのかもしれない。当惑しはしただろうが、しかし彼は何も訊かずに頷いた。

「私で答えられそうなことなら、何でもいいよ」

「太子殿下は……母は……母は、何か太子殿下に失礼なことをしたのでしょうか？」

天黎《てんれい》の、完全に集中して聞いているという様子に促《うなが》されるように、淑蓉《しゅくよう》はこれまでに抱《かか》え込んだ疑問を話し出した。太子が、淑蓉に対して隔意《かくい》を抱《いだ》いているようなのはまだ解る。身分のはっきりしない彼女を扱いかねるのは、他の誰でも同じだからだ。しかし、太子の師傅《しふ》である戴毅昌《たいきしょう》の、母に対する反応を考え合わせると、何かあると考えざるを得ない。それに母の態度、彼女の許に集まる大勢の若者……。

「……君は、その若い連中に会ったのか？」

「あ、はい。一応ご挨拶を」

「誰か……妙なことを言ってくる奴はいなかった？」

「妙なことですか？　いいえ全然。皆様、とてもご親切に話してくださって」

母の許にやってくる客の数に当惑はさせられたが、それだけだ。兄は、彼女が彼らに嫌な思いをさせられたと思って、気遣ってくれているのだろうか。そんなことはないというつもりで、彼らの話をしようとしかけた淑蓉だが、何故か言葉を継ぐごとに天黎の表情が不快げに曇《くも》る気がして、言うのを止めた。

「でも……本当に一言二言、ご挨拶させていただいただけなんですけど」

「……今日、君がここに来ると最初から知っていたらな」

どことなく恨《うら》みがましい目を向けられて、淑蓉は気まずく項垂《うなだ》れた。春の東園の宴は、正式な宮廷の儀式であるから、これまで毎年淑蓉は参加せず、後宮で留守番をしていたのだ。何となく身の置き所がなくて、すみません、と淑蓉が小声で呟《つぶや》くと、天黎は我に返ったような顔をして、急いで軽く手を振った。

「いや、君に言ったんじゃない。どうして君の母上はそういう不用意な……いやいい」

天黎は、一つため息をつく。何かを振り払うように軽く頭を振ると、改めて淑蓉を見やった。

「君の母上と、太子殿下の話だ。――心配しなくていい、別に君の母上が直接、太子殿下に何かしたわけじゃない。罪を問われたり、罰せられたりするようなことは何もない」

天黎の言葉は確かなものだったが、しかし淑蓉の不安は払拭《ふっしょく》されなかった。どころか、ますます募《つの》りさえする。天黎は『直接』と言った――直接ではない、けれど確かに何らかの確執《かくしつ》があるのだ。

「……君の母上は、今や宮廷の権力者なんだ」

不安げな表情を崩さないままの淑蓉に、やがて天黎は静かに言った。

「淑蓉。宮廷に仕える官吏が、どうやって登用されるか知っている？」

「え？　はい、ええと、六科選でしょうか」

「それは半分だけだ。今のところは」

六科選は、国主の宮廷に仕えるにふさわしい人材を、広く登用するために設《もう》けられた制度だ。棕河国《そうがこく》に生まれた男子であるなら、貴賤《きせん》、貧富を問うことなく、誰にでも宮廷への門を開く。

しかしこれは、当代の国主の即位の折にはじめられた、比較的新しい制度である。六科選以前は、宮廷に出仕できるのは名家の生まれであるか、でなければ有力者の推薦を受けた者に限られていた。

そしてその習いは、今もって続いている。六科選によって開かれた門戸《もんこ》は、しかし完全とは言い難い。試験の点数は尊重されるものの、よほど飛び抜けていない限り、有力な縁故《えんこ》が優先されることもある。言わば、官吏の登用数に縁故枠《わく》が残っているのだ。

「その枠を、今は蘭妃《らんひ》が押さえている。彼女が有望と見込んだ者を、次々に宮廷に上げているんだ。国主の妃の後ろ盾《だて》に対抗できる力がある者はそうないからね、独壇場《どくだんじょう》だ。それで……まあ、面白くないのも出てくる」

淑蓉《しゅくよう》は言葉を失った。息を呑んで、兄の顔をまじまじと見上げる。

「本当、なのですか？　母が……そんなことを」

「勘違《かんちが》いしないでくれ、これはまったく違法なことじゃない。いい悪いはともかく、これまでずっと続けられてきたことだ。たまたま今は蘭妃がその権力を握っていて、それを妬《ねた》ましく思う連中がいるだけだ。ただの、よくある宮廷のいざこざに過ぎない」

だが、そのいざこざに巻き込まれているのは彼女の母なのだ。いや、巻き込まれているというよりも、それではむしろ生み出しているという方が正しい。

本当に、母がそんなことをしているのだろうか――もちろん本当だろう、天黎《てんれい》が嘘など言うはずがない。それに、これで何もかも説明がつく。太子の不興も、戴師傅《たいしふ》の敵意も、母にあれほど多くの人々が恭しく接する理由も。

淑蓉は、身震いがしてくるのを抑えることができなかった。母がそんなことをしているということもさることながら、今までそれを知らずにいたのが恐ろしい。宮廷のことが後宮で噂《うわさ》にならないはずはないのに、誰も淑蓉にそれを聞かせようとはしなかった。彼女に、打ち解けて話ができるような親しい友人がいないせいもあるが、それにしても欠片《かけら》も耳に入らなかったというのは……多くの人が、関わり合いになりたくない疚《やま》しいことと思っているからではないか。

どうしたらいいだろう。母に何と言ったらいいだろう。いや、それよりもまずは、ちゃんと母に話を聞いてみなければ……。

「淑蓉」

けれど、落ち着いた低い声に名を呼ばれて、淑蓉は空回りしていく思考から一瞬解放された。こちらを覗き込む天黎の気遣わしげな表情が、ようやく目に入ってくる。

「……悪かった。怖がらせたかな」

「いいえ。私が……お尋ねしたんですから」

そうだ。淑蓉《しゅくよう》はぎゅっと目を閉じて、さし当たって感情を全て胸にしまい込んだ。自分から聞き出したのだ――ちゃんと答えてくれた天黎《てんれい》に、心配されるような素振りを見せていいはずがない。

「ありがとうございます。教えてくださって」

何とか平静を保って礼を言った淑蓉に、しかし天黎は答えなかった。じっと彼女を見つめると、不意に彼女の頬《ほお》に触れる。

「！　お兄様」

「ちょっと、疲れたんじゃないか。そんな顔をしてる」

労《いた》わるように触れる大きな手の感触は心地良かった。ひやりと冷たいが、確かな温度を感じさせる……この冷たさは果たして彼だけのせいかどうか、淑蓉には甚《はなは》だ疑わしい――きっとそれ以上に、彼女の頬が熱くなっているせいではないか。

しかし彼女がそれを恥ずかしく思う前に、手はすいと離れていった。何気ない、無造作な仕草――兄が妹を扱うような、当たり前の。

「休めるところまで行こう。土の上に座らなくても済むような」

おいで、と手を引かれる。一瞬、淑蓉はためらいを覚える。何となく、今は人のいる場所へ行きたくなかった。またあの大勢の人々の前で、何も知らない顔をしているのは怖かった。

本当に、一瞬のためらい。しかし天黎は、何かを察してくれたようだった。小さく笑って、言葉を続ける。

「穴場を知っているんだ。近くに大きな牡丹があってね、皆それに気を取られて、なかなか気付かないような場所だ。今は玉蘭《ぎょくらん》が咲いているだろう——静かなところでゆっくり眺めるのも、悪くないと思わないか」

何もかも解っているというようなその笑顔に、淑蓉も思わず笑顔を返す。憂《うれ》いが消え去るわけではないものの、今浮き立つ気持ちは確かに本物だ。引いてくれる手を、わざとらしくならないようにぎゅっと握り返すと、淑蓉は彼について歩き出した。

三章　君子豹変《くんしひょうへん》

「あーあ……」

　春の光がまんべんなく降り注ぐ庭に下りて、淑蓉《しゅくよう》はため息をついた。桃花《とうか》の咲く枝に飛んできた小鳥が、嬉しそうにちいちい囀《さえず》るのを、虚《うつ》ろな目で眺《なが》めやる。昨日訪れた東園《とうえん》とは比べものにならないが、白琅宮《はくろうきゅう》の小さな庭園にも、春の明るく華やかな空気が満ちていた。どこかから甘い花の香りが流れてくる。

　しかし、淑蓉の心はまるで浮き立つ気がしない。

「お母さんの馬鹿……」

　こそとも音のしない建物の方を振り返る。昨日の今日だというのに、母はまた出かけていったのだ。今は小主のいない後宮の宮の一つを改修するための調査に立ち会うとか何とか言っていたが……実際のところ、何をやっているか解《わか》りはしない。淑蓉は、今朝の会話を思い出し、もう一つ深くため息をつく。

　——一体、何やってるのお母さん！

　淑蓉が、昨日東園で聞いたことについて、母に直に問い質《ただ》せたのは、一晩明けてからのことだった。東園での宴《うたげ》は日が傾く前にお開きになって、大半の招待客と同じく、淑蓉もそこで解散して後宮へ戻ったのだが、国主とごく近しい人々はまとまって壮養殿《そうようでん》へ移動して、歓談を続けたようだ。壮養殿は国主が普段暮らしている場所で、後宮と宮廷の繫《つな》がる場所でもある。

……そんなところに母が出向いて、ただ楽しくお喋《しゃべ》りして帰ってきたということはないのだろう。

──あんたが首を突っ込む話じゃないよ。

官吏《かんり》の登用に口利《くちき》きをしているという話は本当なのか、と娘に問い質された凌蘭《りょうらん》は、嫌そうに顔をしかめてそう答えた。その上、なおも口を開こうとした淑蓉を、苛立《いらだ》たしげに手を振って黙らせると、逆に誰にそんなことを聞いたのかと問い詰めてきさえしたのだ。いかにも、ろくでもない噂《うわさ》話に興じるなんて感心しないという顔で──我が身を棚に上げてとは、まさにこのことだ。

誰に聞いたのか答えるのは簡単だった。親王殿下から直接聞いたのだと言えば、母も馬鹿げた噂話だと一蹴《いっしゅう》することはできないだろう。しかしそもそも、そんな風に問い質されるいわれなどないのだ。「誰だっていいでしょ！」「いいわけないだろうまったくおまえはすぐつまらない連中に引っかかって！」「つまらなくなんかないよ！」という辺りからどんどん話が逸《そ》れていって、最終的には何故か「文句があるなら嫁に行け」などという具合になったところで、母付きの宮女が予定の時間を告げに現れて、会話は強制的に中断されてしまった。

――……嫁は、関係ないんじゃない？

今更ながら、言い合いがおかしな方向へ向かっていたことを悟り、淑蓉《しゅくよう》は胸中で反論した。母がわざと話を逸らしたのかどうかは判然としない。おそらくはそうなのだろうが、しかし常日頃からの母の主張を鑑《かんが》みるに、何の意図もなく話の方向が迷走した可能性も大いにある。

――それにしても……そんなこと、うまくいくはずない。

他人に何かを強制するのが、いいことのはずがない。単純な善悪という以上に、強制には反発が必定《ひつじょう》だからだ。

母が誰かの恨《うら》みを買っていると思うと、息が詰まるような気持ちになる。宮廷のことに干渉《かんしょう》したりなどして、母はその危険を自覚しているのだろうか。もちろん、解ってはいるはずだ。しかし母の性格からして、それで自分の言動を慎むとも思えない。誰に何と言われようと、やりたいことをやりたいようにするだろう。

――やりたいことって……何？

長く後宮で暮らしていて、母は変わってしまったのだろうか。急に母が遠くに感じられて、淑蓉は密かに慄《おのの》いた。そんな風には思えないし、思いたくもない。けれど、だとしたら母は何をしたいのだろう。まさかこんなことまでして、昨日会ったような若い官吏に、出来の悪い娘を押し付けようなんてことはあるまいし……。

「――淑蓉様」

不意に背後から声をかけられて、淑蓉はびくっとして振り返った。完全に自分の思考に没入《ぼつにゅう》していて、側に近付く気配に気付かなかったのだ。

「はっはい！　何でしょうか？」

庭園に面した建物の降り口に、年配の宮女が控《ひか》えていた。母に長く仕えている側付きの一人で、淑蓉のことも昔から知っている。今は宮女となった淑蓉は、彼女よりはるかに下の身分のはずだが、それでも彼女が白琅宮《はくろうきゅう》にいるうちは、女主人の娘として扱うつもりらしい。

「お客様がお見えです」

馴染《なじ》みの宮女が告げた用件は、しかし意外なもので、淑蓉は目を瞬《またた》いた。客など来る心当たりはない。

「私に、ですか？　でも……えっと、母の帰りを待ってみないと」

現在、淑蓉は宮女の任を解かれ、白琅宮に身柄を預けられている。新たに勤め先が決まるまでは、後宮全体の宮女を取り仕切る尚宮《しょうきゅう》ではなく、白琅宮が――つまり、その主である凌蘭《りょうらん》が――淑蓉の一挙手一投足を管理するということだ。まったくもって本意ではないが、何をするにもいちいち母に伺いを立てなければならない身なのだ。

だがそんなことは、白琅宮の宮女も重々に承知のはずである。宮女は困った様子で、ええ、と頷《うなず》いた。

「ですが、今すぐにと仰《おっしゃ》られて……私どもから、お断りすることはできません」

淑蓉《しゅくよう》はたじろいだ。白琅宮《はくろうきゅう》の宮女の手に余る客とは何者なのか。というか、そんな客の処遇《しょぐう》など、淑蓉に決められるはずもないのだが。そもそも、任も決まらずにいる宮女に、一体誰が何の用事があるというのか……。

「……どちら様ですか?」

それでも結局は、そう尋ねるしかない。恐る恐る訊いた淑蓉だが、しかしそうして内心身構えていたにもかかわらず、返答には衝撃を受けずにはいられなかった。宮女はひどく畏《かしこ》まって、その名を告げる。

「祥鳳宮《しょうおうきゅう》から、使いの者が参っております——国后陛下が、淑蓉様に是非お越しいただくようにと」

＊　＊　＊

「急にお呼び立てして、申し訳ありませんでしたね」

鮮やかな花の描かれた衝立《ついたて》の、据えられた椅子《いす》に優雅に腰掛けた国后佳琳《かりん》は、応接室に迎え入れられた淑蓉に、穏やかにそう言って詫《わ》びた。淑蓉は息詰まるような心地で、緊張に強張《こわば》る身体を叱咤《しった》しながら、礼儀正しく跪《ひざまず》く。

「……お招きいただき、身に余る光栄でございます。及ばぬ身ですが、どうぞ如何様《いかよう》にでもお使いくださいますよう」

とは言ったものの、一体何が起きているのか、淑蓉にはまるで理解できていなかった。国后の住まう祥鳳宮からの使者と聞いて、取る物も取りあえず飛び出してきたのだ。

淑蓉の礼を、佳琳は軽く頷いて受けた。国后としての、儀礼的な仕草。しかし次に彼女の口から発せられた言葉は、後宮の儀礼からはかなり逸脱《いつだつ》したものだった。

「あなたの拝礼を受け入れます。ですが、もう結構よ」

お立ちなさい、と言われて、淑蓉は驚いて顔を上げた。儀礼的には決して許されない、けれど国后直々《じきじき》の命令を無視することもできず当惑する淑蓉の前で、佳琳は控えていた宮女にちらりと視線を向けた。それが合図だったのだろう、宮女は予《あらかじ》め用意していたものをしずしずと運んで、淑蓉の側に置いた。持ち運び用の小さなものではあるが、細部まで精緻《せいち》な細工が施された、美しい椅子。

「お座りになってください。跪いていては大変でしょう」

「え！　あ、あの……」

とんでもないことだ。淑蓉は目を丸くして、思わず声を上げかける。国后の前では、誰もが用件を終えるまで跪いていなければならないものだ。もちろん国后自身の許しを得ればこの限りではないが、国主の妃たる母ならばともかく、淑蓉は到底そんな身分ではない。

「いいのです、そうしてください。――これから私のお願いを聞いていただこうという方を跪かせているのは、おかしなことだわ」

　下がって、と佳琳《かりん》が言うと、控えていた宮女たちは一礼して、音もなく引き下がっていく。未だ身の処し方を決めかねていた淑蓉《しゅくよう》は、中腰のままおろおろしていたが、ついに佳琳の促《うなが》す視線を受けて、仕方なく覚悟を決めて椅子に腰を下ろした。ぎこちない動きに、国后が柔らかく微笑《ほほえ》む。

「あまり緊張なさらないで。少し、お話をさせていただきたいだけなのです」

「は、はい……陛下」

　どう考えても無理な相談ではあるが、それでも淑蓉は従順に答えた。せめて神経を解《ほぐ》す助けになるよう、深く深呼吸して辺りを見回す。華麗な調度、豪奢《ごうしゃ》な装飾がよそよそしい感じを与えるのは、母の白琅宮《はくろうきゅう》の応接室と同じだが、ここはもっと華々しい。宮の名にある鳳凰《ほうおう》をはじめ、あらゆる瑞祥《ずいしょう》の装飾が許されているのは、ここが代々国后の住居とされているからだ。

「落ち着かないでしょう？」

　まるで淑蓉の心情を見透《みす》かしたように、佳琳が言う。淑蓉ははっと我に返って口ごもった。

「あ、いえ……あの、その」

「実は私もなの」

　しかし意外にも、次に佳琳が口にしたのはそんな言葉だった。呆気《あっけ》に取られて目を瞬く淑蓉に、小さく笑う。

「もう、随分長いことここにいるけれど、慣れることはないわ。特にこんな……仰々《ぎょうぎょう》しい場所にいるときはね。ですが、ここは、代々国后のために受け継ぐ場所なのです。私が太后様から受け継いだときと同じように、次の国后に譲らなければならないのです。私の一存では、何一つ変えることはできないの」

一瞬、美しいその笑みに深い影が差した気がして、淑蓉は密かに驚いた。この国后でさえも、そんな風に感じるとは思わなかったのだ。国后佳琳は美しく気品のある、貴婦人の威厳と美徳を兼ね備えたような人だ。この宮の煌びやかさも、彼女のために誂《あつら》えられたもののように思えるのに。

しかし、その影は、淑蓉が瞬きする間にかき消えてしまう。彼女の当惑に気付いているのかいないのか、佳琳はおもむろに別のことを言った。

「昨日はご苦労様でしたね。東園でお会いできて、嬉しく思いましたわ」

「あ……こちらこそ、ご招待いただきまして本当にありがとうございました」

まあ実際のところ、国后が率先して『ご招待』くださったわけではなく、母がごり押しした結果だとは思うのだが。それを思うとどうしようもなく謝りたくなってしまうが、ここで謝罪するのもおかしな流れである。母のようにふてぶてしくはなれず、淑蓉は申し訳なさに小さくなったが、しかし佳琳は特にそれを気にはしていないようだった。

「お楽しみいただけましたか」

「はい、もちろんです。あんなに素晴らしい庭園を拝見したのははじめてです」

その点は心から、淑蓉《しゅくよう》は力を込めて言った。広大な庭園だから、一日で隅《すみ》から隅まで歩くというわけにはいかなかったが、その広々とした眺望《ちょうぼう》だけで圧巻だ。牡丹《ぼたん》のような華やかな花木だけではなく、ありとあらゆる春の草花が、溢《あふ》れるほどに咲き誇っている。

けれど、もし彼女が一人でうろうろしたのなら、これほどには楽しめなかったかもしれない。昨日のことを思い出して、淑蓉は少し幸せな気分になった。天黎《てんれい》は彼女の手を引いて、特別な景色ばかりを見せてくれたのだ。あまり人目につきたくない彼女の気持ちを察してか、人々が群れる国主の天幕や人気の名花には近付かず、爽《さわ》やかな緑の小道や、一面に菫《すみれ》や蓮華《れんげ》の広がる築山《つきやま》の裏や、流水の涼やかな音が心地いい水辺の四阿《あずまや》に連れて行ってくれた。

稀少《きしょう》で高価な花々ももちろん素晴らしいけれど、それだけが庭園の美しさではない。天黎に案内された場所はどこも穏やかで静かで、淑蓉はひどく心が安らぐのを感じた。後宮の中にいては感じられない風の流れ、喧騒《けんそう》から離れた落ち着いた空気が好きだった――天黎が彼女のために、敢《あ》えてそうした場所を選んでくれた、その心遣いが嬉しかった。安心できる、誰の目も気にせずに――二人きりで……。

――……。

ふと、何かが胸のうちに焼け付くような感触がして、淑蓉のぼんやりした幸福感は打ち破られた。いや違う、二人きりだったはずはない。昨日の東園には隅々まで、客の意を満たすための用人が配置されていたのだから。結局のところ、あの場所も宮殿の一部に過ぎないのだ。天黎は彼女に優しかった――宮殿の中で会うのと同じように。優しすぎるほどに優しい、彼女の『お兄様』。

「そう言っていただけて良かったわ。けれど……花を見るばかりを楽しまれたわけではなかったのでしょう？」

佳琳《かりん》の問いかけは滑《なめ》らかで、礼儀正しいものだったが、しかし淑蓉は思わずぎくりとする。内心を見透かされたような気がしたのだ。花は美しかった、庭園は素晴らしかった。けれど彼女の心に残っているのは、もっと――別のことだ。

「宮廷の若い人たちが大勢、あなたを見ていらしたわ。彼らとお話しになったのでしょう」

「はい？」

だが、続く佳琳の言葉は、淑蓉の思うものとは全然違っていた。予想していなかった言葉に意味を掴《つか》みかねて、淑蓉は一瞬きょとんとしてしまう。が、すぐに佳琳が何のことを言っているのか解った――母に挨拶をしにきた、あの若い官吏たち。

「ああ……あの方たちには、本当に申し訳なく思っているんです」

「あら、どうして」

「私、ああいうことに慣れていなくて……あの方たちを退屈させたと思うんです。それに……それにきっと、母があの方たちに、私と話すように無理強《じ》いしていたんです。だから、あの方たちからは拒否できなくて」

淑蓉《しゅくよう》なりに、会話を盛り上げようと努力はしたのだが、結果が出たかどうかは甚《はなは》だ怪しい。渋々口を利かれていたと思うのは悲しかったが、状況から見ればそう考えるのが妥当《だとう》だろう。淑蓉自身の口下手《くちべた》もさることながら、何かに強制されての会話というものが快いはずもない。

しょんぼりと肩を落とした淑蓉に、佳琳《かりん》は少し驚いたように口を閉ざした。少しの間、絢爛《けんらん》たる応接室に沈黙が満ちる。佳琳は何かを推《お》し量る視線で淑蓉を見つめていたが、やがて静かに言った。

「それでは、あなたはご存じなのかしら――あなたのお母様がなさっていることを」

淑蓉は弾かれたように顔を上げて、目の前の国后をまじまじと見つめた。遠回しな言い様、しかしその意図するところは、今の淑蓉には明白だ。では、国后も知っているのだ。母の宮廷に対する、野心的とも言える行いを。

もちろん、彼女が知らないはずがない。国后は後宮の主だ、国主が国を治めるように、彼女が後宮を治めているのだ。淑蓉は不安の動悸《どうき》がしてくるのを感じる。国后は、母に何らかの処罰でも与えるつもりなのか。

「ああ、誤解なさらないで。あの方を……凌蘭《りょうらん》様を責めるつもりではないのです」

咄嗟《とっさ》に答えることができないでいた淑蓉の、強張った表情から知りたいことを察したらしく、佳琳は宥《なだ》める口調でそう言った。

「私だけではありません。凌蘭様を責めたり、何かの罪に問うようなことは誰にもできません。あの方は聡明《そうめい》な方ですから、世の人に揚《あ》げ足を取られるような間違いは犯されないでしょう」

それが母を褒《ほ》めているのかどうか、淑蓉にはよく解らなかった。その聡明という言葉を称賛と取るほど単純ではないつもりだが、どこまでも礼儀正しい佳琳の口調からは、非難の響きもまた感じられない。

「――ですが、それが逆に仇《あだ》となる場合もあります」

息を詰めて聞き入る淑蓉に、佳琳は真剣な表情で続ける。

「凌蘭様が、これと見込まれた有望の士を後見なさるのは悪いこととは言えません。ですが、宮廷であの方の影響力が増すのを、危ぶむ声が大きいことも確かなのです。宮廷は、多くの部分が慣例と均衡《きんこう》で成り立っています。それがいいことばかりは言えませんが……とにかく、今はそうなのです。このままでは……」

佳琳がためらって呑《の》み込んだその言葉の先を、淑蓉ははっきりと想像できた。目に見えない権力の均衡が崩《くず》れたとき、誰が押し潰《つぶ》されないと言えるだろうか。

「……このままでは、早晩対立は避けられなくなるでしょう。凌蘭様にとっても、いいことばかりではないはずです。あなたに、こんなことを申し上げるのは心苦しいのだけれど……あの方の身に何かが起こらないとも限りません」

佳琳の口調は抑制されていて、決していたずらに感情をかき立てるものではなかったが、その分鋭く胸に突き刺さる。不安がますます心臓を鳴らして、淑蓉《しゅくよう》の背に冷たい汗が滲《にじ》む。

「何か……起こるとお考えなのですか」

「もちろん後宮の主として、私はあの方の身に不都合が生じるようなことを認めるわけには参りません。ですが、どんなことにも抜け道はあります」

「………」

「凌蘭《りょうらん》様は、あまりにも上手に物事を進めておしまいです。それが、私には逆に気掛かりなのです。つけいる隙《すき》がないことが……逆に、どんな手段でも招きかねないと」

柳眉《りゅうび》を顰《ひそ》める佳琳《かりん》の表情を、淑蓉は探るように見つめる。昨日の東園での出来事を思い出せば、佳琳の言は重い現実感を伴って聞こえた。母と険悪な会話を交わした戴毅昌《たいきしょう》は、太子士傑《しけつ》の師傅《しふ》を務めている。太子自身も、母に対しては決して好意的とは言えない様子だった。そして目の前の国后佳琳は、太子の母親なのだ。

佳琳が息子に肩入れして、凌蘭に何か手を下すとまでは思っていない。だが彼女が敢えてこんな話をするからには、それなりの理由があるに違いない。宮廷の差し迫った雰囲気を、彼女は身近に感じられる立場なのだ。

「ですが、このように申し上げても、きっと凌蘭様はお聞き入れくださらないでしょう。そういう方ですもの——ご自分の立場のために、これまで引き立ててこられた若い人たちを放り出すようなことはなさらないでしょう」

慧眼《けいがん》とも言うべき国后の言葉に、淑蓉は頷くしかなかった。母の性格から考えて、一度やりはじめたことを、圧力をかけられて止めることは決してない。むしろ腹を立てて、絶対に推し進めてやろうとするだろう。ましてや、自分以外の人間の運命までもかかっているのならなおさらだ。

どうやら、母は思った以上にとんでもない状況に置かれているらしい。淑蓉はきつく拳《こぶし》を握りしめる。一体、母はどこまでこうした危険を認識しているのだろう。どうしてこんなことになってしまったのか……。

「──ですから、淑蓉さん、あなたにお願いしたいの」

だが続く言葉は、思いがけないものだった。眩暈《めまい》のするような思考から引き戻され、淑蓉は目を瞬く。そう言えば、と彼女は思い出した。最初に顔を合わせたとき、国后は何と言っていたか。

「あなたのお母様を、お助けするために。それに……あなたにとっても、悪い話ではないと思うの」

「……どういう、ことでしょうか」

「昨日、東園で、あなたを見初《みそ》めた方がいらっしゃるの」

「──はい？」

思わず漏《も》れた声は、到底貴人の前にふさわしからぬ間の抜けた音で、淑蓉は慌《あわ》てて口を閉ざした。予想だにしない発言に、一瞬頭が真っ白になる。言葉の意味が理解できない。見初めた……見初めた？

「あなたを、お嫁に欲しいと仰っているのよ」

ぽかんとしている相手の表情から、事態をうまく認識できていないことに気付いたのだろう、佳琳《かりん》は優しく言い直してくれる。が、それで衝撃が緩和《かんわ》されるはずもなかった。あまりのことに、咄嗟に声も出せない淑蓉《しゅくよう》だったが、続く佳琳の言葉に少し落ち着きを取り戻す。

「と言っても、本人ではないのだけれど……。さる名士が、あなたをご親族の若い人に嫁《とつ》がせたいと思っていらっしゃるの。今ここでは申し上げませんが、立派なご一族の方よ。蘭《らん》妃のお嬢様と、不釣り合いということはないはずです」

決して悪意はないだろうが、佳琳の言い方は些《いささ》か居心地が悪くて、淑蓉は小さく身動《みじろ》ぎした。母が後宮に入って、たまたま妃の地位を得ただけで、彼女自身は城の外で生まれた庶民《しょみん》の娘だ。釣り合うも合わないもない……むしろ彼女が先方に釣り合わない。

しかし、どうやらそれにも理由があるらしい。

「……その方は、宮廷にも影響力のあるお方です。もしあなたが彼の一族に加わることになるなら、あなたのお母様とも、友好的な関係を築けるはずです」

ああ、と淑蓉は内心で呟《つぶや》く。何もかもが腑《ふ》に落ちた。彼女の生まれ育ちなど、関係ないのだ——彼女が『蘭妃の娘』でありさえすれば、それで十分。

だが、これはよく考えてみなければならない。淑蓉は注意深く沈黙したまま、状況を把握しようと努める。その『名士』はきっと、宮廷において母のやり方を疎《うと》ましく思っている人物なのだろう。そうした人物が、淑蓉を介して母に近付く。目的は協定だろうか、それとも牽制《けんせい》だろうか。

しかしいずれにしろ、これは彼女にとっても好機となる可能性がある。『名士』の目的が協定であれば、彼は母を害しはしないだろう。牽制であったとしても、淑蓉の立ち回り方次第では、状況を変えられるかもしれないのだ。娘が嫁《か》した相手には、さすがに母も少しは遠慮してくれるだろう。相手の『名士』を説得して、母を悪く思わないよう働きかけることも可能になる——母を守ることができる。

「あなたに、こんなことをお願いする筋でないことは解っています。ですが、これはあなたにしかできないことです」

そしておそらくは、それが国后の意図でもあるのだ。淑蓉が母を救うこと、宮廷の衝突を防ぐことは、彼女の務めである後宮を守ることにも繋がる。

「…………」

「別に、今すぐお答えをいただこうというのではないのよ」

よほど情けない顔をしていたのだろう、困惑して見返す淑蓉に、佳琳は助け船を出すように言った。

「こんな話ばかりで、何が決められるわけでもないですものね。お願いしたいのは、このお話を正式にあなたのお母様のところへ持ち込ませてほしいということなの。きっと、お母様はあまり歓迎されないと思うの……あなたを、ご自身で見込まれた人のところへやりたいと思っていらっしゃるでしょうから」

その点は確かに疑いない。何せ東園では、自分に挨拶をしに来る若者を端から捕まえては、娘を押し付けようとしていたくらいだ。このままでいけば、そう遠くない未来、ぼんやりした娘に業《ごう》を煮《に》やして、本気で嫁ぎ先を吟味《ぎんみ》しはじめるに違いない。

「でも、あなたが望んでくれたなら、凌蘭《りょうらん》様も話を聞く前から拒否はなさらないでしょう。どうか一度、ちゃんとした手順で、先方とお会いしていただけないかしら。もちろん、お会いして気乗りしなければ、断ってくださっても構わないのよ」

とは言われたものの、実際にそれは難しいだろう。国后の口利きで、宮廷の権力者の一族の人間と顔を合わせて、その上で断るなどということができようはずもない。

だが佳琳《かりん》の申し出が、この上なく配慮に満ちていることは確かである。本当なら、彼女は淑《しゅく》蓉《よう》に『申し出』などする必要はないのだ。後宮に住む者全ての生殺与奪《せいさつよだつ》を握る国后は、淑蓉を有無を言わさず結婚させることだってできる。

——結婚……。

唐突に直面することとなったその単語は、しかし淑蓉にとってはただただぼんやりとして掴みどころのない概念である。城の外であれば、十六にもなれば、両親や縁者が世話を焼いて縁談を持ち込んできたり、好きな相手を見つけて結婚したりするのが一般的ではある。しかし淑蓉には母の他には近しい縁者もなく、後宮にいては異性と顔を合わせる機会も限られている。しかし母が口うるさく言う「嫁に行け」という言葉にも、ろくに現実感を持てずに聞き流していたのだ。

いつかは我が身にも起こることと思ってはいたが、積極的に望んだことはなかった。まさかこういう形で起こるとは思わなかったが……しかし考えてみれば、彼女の結婚話など、こういう形でしか起こり得ないはずである。自分で相手を見つける甲斐性《かいしょう》がなければ、誰かに持ち込まれるしかない。

「どうかしら。お願いできますか」

「はあ、その……えっと」

「それとも……どなたかもう、慕《した》う御方がいらっしゃるのかしら」

瞬間、全身がぎくりと強張る。閃《ひらめ》くように脳裏を過《よ》ぎった影は、彼女自身にも思いがけない姿だった。人目を引く整った顔立ちの、黒髪の青年。彼女に向ける優しげな表情、柔らかな光に満ちた理知的な瞳《ひとみ》、彼女の名を呼ぶ落ち着いた声。

いや、そんなはずはない。どうして彼のことが思い浮かんだりしたのだろう。国主の御子《みこ》、親王殿下——出会えたこと自体が奇跡に近い、住む世界の違う人。

彼女の優しい『お兄様』。それ以上でも、以下でもない。

「いいえ――そのような方はおりません」

胸から空気を押し出すように、力を込めて言う。途端《とたん》、脳裏の影が消えてくれたことに、淑《しゅく》蓉《よう》は心から安堵《あんど》した。あるはずがない、あってはならない――考えるべきではない。

与えられた椅子を下り、淑蓉は床に跪く。後宮の宮女にふさわしく深々と頭を垂《た》れると、精一杯恭《うやうや》しく答えた。

「国后陛下のご配慮に、心から感謝申し上げます。数ならぬこの身には余る光栄――お話、ありがたくお受け致します」

＊　＊　＊

どこからともなく隙間風が吹き込んで、灯火の炎を頼りなく揺らす。日中の陽気は闇《やみ》に霧《む》散《さん》して、春の夜はまだ少し肌寒い。風が運んできたのかどうか、流水の音がやけに耳につく。

夜の繙閲所《はんえつしょ》には、まだ二、三人の官吏が残って何やら仕事を片付けているようだ。勤勉な彼らの邪魔にならないよう、隅っこに陣取って本の頁《ページ》を繰っていた淑蓉は、視線をさまよわせて密かにため息をついた。文字列を追う自分の目が、上滑《うわすべ》りしているのが解る。

ここなら、少しは落ち着けると思ったのに。淑蓉は、ここ数日の白琅宮《はくろうきゅう》の慌《あわただ》しさを振り返るともなく振り返った。

淑蓉が祥鳳宮《しょうおうきゅう》を辞した翌日、国后は正式に、凌蘭《りょうらん》にこの縁談を申し込んだようだ。呼び出された祥鳳宮から戻った母は、難しい顔をしていたが、淑蓉がそれを受ける気でいることを告げると、ますます表情を曇《くも》らせた。これまで、母の希望とは裏腹に、さして結婚に対する情熱を見せなかった娘の思いがけない反応に露骨に不審の目を向け、どういうことかと問い質してきもしたが、淑蓉は国后との話については沈黙を守ったままでいた。もし明かせば、母は反対するだろう。おまえには関係ないことだと、何も気にすることはないと言って、彼女を問題から遠ざけてしまう——そして淑蓉は、母を救う手立てを失う。

それでも気が進まない様子の母ではあったが、国后から持ち込まれた話をそう無下《むげ》に一蹴することはできない。もし淑蓉が嫌がったなら、おそらくはそれでも断ってくれたのだろうが、そうでない以上、表立って撥《は》ねつける理由もない。とにかく一度は顔合わせを、という話になるのは早かった。

その顔合わせが、明日だ。

「…………」

依然、頭に入らない文字をただ眺める。この奇妙な症状は、何も今はじまったことではなかった。明日の顔合わせに先だって、祥鳳宮からは相手となる人の詳細《しょうさい》な履歴が送られてきたのだが、それもほとんど頭に入っていない。名前は……何といっただろう。棕河《そうが》国の東の地方の出で、官吏や学者や高名な武人を輩出《はいしゅつ》した一族で、父親が宮廷の高官で、それから……。

——それから……。

だがあの書面には、彼女の知りたいことは一つも書いていなかった。もはや手元の本には欠《か》片《けら》も集中できないまま、淑蓉《しゅくよう》はぼんやりと考えを巡らす。

——本が、好きな方だといいけど……。

宮城を出て嫁ぐとなれば、こうして本ばかり読んでいるわけにもいかないことは解っている。相手は、一体どんな人なのだろう……やはり世の人のように、女に学問なんて必要ないと言う人なのだろうか。

妻として、夫となる人に仕える気持ちはもちろんある。しかし、ここで覚えた楽しみを全て手放すことになるのは辛かった。その上、自分に妻としての能力も魅力も欠けていることを自覚すれば、なおさらに不安になる。不器用で要領も悪い、美人でもない平凡な生まれの娘を、相手はどう思うだろう。

優しい人だといい、と思う。彼女に愛想を尽かさずにいてくれる人だったら。彼女の言うことを無視するのではなく、ちゃんと耳を傾けてくれる人だったら。彼女が本を読んでも嫌な顔をせず、喜んで認めてくれる人だったら。箏《そう》を引く手を間違えても、怒ったり馬鹿にしたりせずに、そっと手を重ねて教えてくれる人だったら——。

「！」

不意に、目の前の灯火が揺らいで消えた。ばたん、と大きな音がして、淑蓉ははっと我に返る。

いつの間にか、室内に残っていたはずの人々の姿はなかった。彼女一人のがらんとした繙閲《はんえつ》所《しょ》内は、ひどく薄暗い。突然開け放たれた扉から吹き込んだ風が、灯火を消してしまったのだ。

暗がりに、誰かが立っている。入口を振り向いてその影に気付いた淑蓉は、一瞬ぎょっとして身を竦《すく》めたが、すぐにその正体を悟ると、ほっとして声をかけた。見慣れた姿、少し暗くても間違うはずがない。

「お兄様」

今夜、ここで会えるなんて思っていなかった。浮き立つ心に急《せ》かされるように、淑蓉はぱっと立ち上がる。少しだけでもいい、彼と話がしたかった。優しく話を聞いてもらえれば、きっと今一時だけは、この不安から逃れられる。

「こんばんは！　お会いできて嬉しいです。あの、今夜はどうして……」

しかしそこまで言いかけて、淑蓉は言葉を切った。彼女の呼びかけに答えることなく、影は真っ直ぐに彼女の方へ歩いてくる。足音が冷たく室内に響く――まるで彼女の声さえも、無情に踏み潰すかのように。

「……親王殿下……？」

違和感が、頭の中で警報に変わる。何かが違う、これはいつものあの人ではない。何だか怖い、逃げ出したい――でも、何故？　彼にそんなことを思うはずがないのに――。

「………っ！」

身を引こうとした瞬間に、腕を掴まれる。無遠慮なまでの強い力。淑蓉《しゅくよう》は微《かす》かに息を漏《も》らしたが、それは苦痛のためというよりは、驚愕《きょうがく》の方が大きかった。これまで、彼にこんな風に扱われたことはなかったのだ。

混乱して見上げた先に、白い顔がある。いつもは穏和《おんわ》な笑みを浮かべている端整なその顔は、しかし今は恐ろしいほどに表情というものを欠いていた。ただその瞳だけが、闇《やみ》の中に冴《さ》え冴《ざ》えと輝いて見える。暖かく柔らかい光ではない。喉元に突きつけられる刃《やいば》のように冷酷《れいこく》で、全てを焼き尽くす炎のように暴力的なその輝きが、彼女の全身を貫いて、身動《みじろ》ぎさえも許さない。

「――どういうつもりだ」

地を這《は》うような、低い声。決して大きな声ではなかったのに、まるで頬を打たれたかのように感じられて、淑蓉はびくりと身体を強張らせた。

「ど、どうって……何がですか……？」

鋭い眼差しに射竦《いすく》められて震えながら、淑蓉は何とか声を押し出す。掴まれた腕に、荒々しい指が食い込んで痛むが、到底そんなことを訴えられる雰囲気ではない。

彼がこんな目で自分を見るところなど、想像したこともなかった。詰《なじ》るような、蔑《さげす》むような、けれどどこか苦しそうな――激しい怒りの眼差し。

でも、どうして彼はこんなに怒っているのだろう。いつも穏やかな彼の逆鱗《げきりん》に触れるような何かを、彼女は仕出かしたのだろうか。しかし考えてみても、特に思い当たる節はない。

「その男は、君の何だ」

その上、問われた言葉の意味も解らない。淑蓉は泣き出したい気持ちになった。怒られるのは怖かった。彼の言葉を理解できないのが情けなかった。

「ご、ごめんなさい……」

「『ごめんなさい』は答えじゃない」

冷ややかな声が耳朶《じだ》を打つ。だがそう切って捨てられては、彼女にできることはもう何もない。恐ろしい相手から、しかし目を逸らすこともできずにいる淑蓉に、彼は吐き捨てるように言った。

「答えろ。その男の、何がいいんだ。どういうつもりで――結婚なんて」

突然、意外な言葉が飛び出してきて、淑蓉は一瞬恐怖も忘れてきょとんと目を瞬いた。結婚……というのは、つまり彼女の縁談の話だろうか。しかしどうして、それが彼をこれほど怒らせるのか。

恐慌《きょうこう》の中で、必死で考えを巡らせる。縁談の相手のいいところを言えと言われても、まだ顔を合わせたこともないのだ。どういう人か解るはずがない、これは単に国后から申し込まれただけの……だがそんなことを言えば、彼はどう思うだろう。自分の意志も満足に持てない愚《おろ》かな娘だと、軽蔑《けいべつ》するだろうか。だから怒っているのだろうか。彼を失望させるような、つまらない人間だから？

それは違う、この縁談を受けるのは彼女の意志だ。宮廷の均衡を保つために……母の身を守るためにこんなことしかできなくて、つまらない人間ではないと言うことはできないかもしれないが、それでも自分で考えて決めたことだ。どうしても、彼に解ってもらいたいのに。

「その、どういう人かはまだ解らないけど……でもきっと、うまくやれると思います。そうできるよう、頑張ります」

「…………」

「私が決めたんです。言われたからってだけじゃなくて、私もそうしようって思って、だから……」

だが、拙《つたな》い言葉は最後まで続けられなかった。握られた腕に、更にきつく指が巻きつく。骨が軋《きし》むような感覚に、淑蓉《しゅくよう》はたまらず小さな悲鳴を上げたが、しかし力が緩《ゆる》む気配はない。こちらを見下ろす強張った無表情な顔は、今や蒼白《そうはく》とも言えそうなほど血の気を失っている。

「……さない」

「え……？」

「絶対に――許すものか」

瞬間、がくんと視界が揺れた。乱暴に顎《あご》を掴まれて、今以上に顔を上げさせられる。淑蓉は

反射的に首を振って逃れようとしたが、それに続く、予想だにしなかった衝撃に息を止めた。唇に触れる、知らない感触——強引に与えられる、冷たい口付け。

いや、知らないのはそればかりではない。力任せに奪われる感覚に、声を上げることもできない。淑蓉《しゅくよう》は懸命に顔を背《そむ》けたが、そのたびに執拗《しつよう》な口付けに掬《すく》い取られてしまう。息が苦しい、頭が熱い。未知の感覚に押し通られるたびに、背筋に奇妙な震えが走る。

——どうして……？

耳元で、大きな音を立てて何かが倒れる。繙閲所《はんえつしょ》に備えられている簡素な写字台が、弾き飛ばされて転がったのだと気付いたときには、彼女自身が床に押し倒されていた。もがいても起き上がれない、大きな手が、身体が、きつく彼女を組み敷いているのだ。伝わってくるその力の強さに、本能的な恐怖を覚える。有無を言わさず捩《ね》じ伏せられて、抗《あらが》うこともできない。

「やっ……」

自分がどうなっているのか、どうしてこんなことになったのか、淑蓉には何一つ解らなかった。床に転がされた身体から、温度が失われていくような気がする。目の奥だけがちりちりと熱くて、薄暗い視界を更にぼやけさせる。

胸が苦しいのは、呼吸のせいだけではあるまい。腕を掴む手を痛いと思った瞬間に、頬に熱い雫《しずく》が零《こぼ》れた。こんなことがあるはずがない——この大きな手はいつだって、彼女を守ってくれたのに。この身体から伝わる温度はいつだって、彼女の安らぎであったのに。

「止……て……こんな」

浴びせかけられる口付けが、言葉を奪う。淑蓉は必死でもがいた。こんなことは間違っている、こんなことは——嫌だ！

「こんなの……嫌です……お願いです——お兄様！」

ぎくり、と、圧《の》し掛《か》かる身体が震える。彼女を押さえ込んでいた力がわずかに緩むのを感じて、淑蓉は知らず息をついた。

熱く潤《うる》んだ視界に、彼女を覗《のぞ》き込む顔が見える。依然として表情のない、青ざめた面差し——だがその瞳はどこか茫洋《ぼうよう》と曇って、あの激しい輝きを宿してはいない。

「……こんなときだけ、俺をそう呼ぶのか」

形のいい唇から、掠《かす》れた声が零れ落ちる。淑蓉は呆気に取られて、瞬間、これまでのことを忘れた。それはこれまで、彼女が聞いたことのないような響きだった。声に宿る苛立たしげな刺々《とげとげ》しい感情は、しかし擦《す》り切れてしまっていて、その内側に抱えたものを支えきれない。苦しげに吐き出される息は、渇望《かつぼう》への祈りのようにも——緩慢な絶望のようにも聞こえる。

少しの間、沈黙が満ちた。床に押さえつけられたまま、淑蓉は目を瞬いて彼を見上げる。視界がはっきりしないのがもどかしかった。彼がどんな顔をしているのか、よく見たいのに。もし辛そうな顔をしているのなら……何かしてあげられることがあるだろうか……。

だが、そう思ったのが間違いだったのかもしれない。彼に手を差し出したくて、淑蓉《しゅくよう》が半ば無意識に身を捩《よじ》った瞬間、彼女を縛《しば》り付けている力が戻ってしまう。彼ははっと我に返ったように、息を詰める彼女を見下ろす。やがて小さく舌打ちをすると、低い声で呟いた。

「だが――このままにはしない」

「！　あ……！」

その言葉が終わり切らないうちに、淑蓉は思わず小さく叫んでしまう。不意に腰の辺りをまさぐった手が、素早く腰帯を解《ほど》いたのだ。上衣がはだけそうになって慌てる彼女が抵抗するのをものともせず、両の腕を押さえつけて、解いた腰帯で容易《たやす》く縛り合わせる。

あっという間に彼女の両手の自由を奪ってしまうと、ようやく彼は立ち上がった。

「大人しくしていてくれ。……なかなかいい恰好になったが、その姿で人と会いたいわけではないだろう？」

気付けば、上衣は半ば脱げかけていて、肩まで露《あら》わになっている。羞恥《しゅうち》が全身を駆け巡り、咄嗟に縛られた両腕を胸の前で合わせて、身を隠そうとする淑蓉だったが、しかし次の瞬間、恥ずかしさも忘れて再び叫びそうになる。亀のように固まって蹲《うずくま》る彼女の側に身を屈《かが》めて、彼は澱《よど》みない動きで淑蓉を抱き上げたのだ。

「お兄様！」

しかし今度は、その呼び方も彼を妨げることはなかった。動悸と緊張で身動きもままならない彼女を抱えて、彼は繙閲所《はんえつしょ》の扉をくぐる。ひやりとした夜気が肌を撫《な》でて、淑蓉はますます縮こまった。こめかみが脈打って、ただでさえ混乱する思考をばらばらに崩していく。

一体、今夜は何なのだろう。何が起きているのだろう——これから、どうなってしまうのか。

「天黎《てんれい》様」

少し離れたところから、彼の名を呼ぶ声が聞こえる。新たに聞こえる男の声に、淑蓉はたまらず顔を背けた。この上、誰かにこんな恥ずかしいところを見られるのは耐え難い。

だが、どうやら彼はそうでもないらしい。動じた風もない声が、平然と呼びかけに応じる。

「弘《こう》、門に軒車《けんしゃ》を回せ。——屋敷に戻る」

動けずに腕に抱かれたまま、淑蓉は彼を仰《あお》ぎ見た。見たことがないほど冷たい表情のその顔を、回廊に差し込む冴え冴えとした月光が照らしている。寒さのせいでなく震える淑蓉に気付いているのかいないのか、天黎は彼女に一瞥《いちべつ》もくれることなく、黙って彼女を抱えたまま、長い回廊を抜けていった。

四章　囚われの身の上

ちいちいと小鳥が囀《さえず》る声が、やけに近くに聞こえる。春の到来を感じさせる、賑《にぎ》やかな響き……しかし少しばかり賑やかすぎはしないか。

どうして今朝はこんなにも、小鳥の囀りが耳につくのだろう、と彼女は思った。白琅宮《はくろうきゅう》の小さな中庭が、こんなに騒々《そうぞう》しくなることは滅多《めった》にないのに……。

——……小鳥？

しまった、もう朝だ。まどろみの中で身を捩《よじ》って、淑蓉《しゅくよう》は慌《あわ》てて飛び起きる。宮女の朝は早い。後宮の一日をはじめる朝の拝礼の支度をするために、夜明け前には起きて務めについていなければならない。白琅宮に戻されているからといって、宮女の心構えを忘れて怠《なま》けていると見られたくなくて、淑蓉は日々その生活を守っていたのだ。それが、こんなに寝坊するなんて……。

「！」

だが目を開けた瞬間、飛び込んできたのは見たこともない光景で、淑蓉は思わず息を呑《の》んでしまう。頭上を覆《おお》うのは細やかな格子状の天蓋《てんがい》。ふんだんに使われた繻子《しゅす》が流れ落ちるように垂《た》れて、大きな寝台の周囲を覆っている。宮女の官房は言わずもがな、白琅宮に与えられた自分の寝台ともまるで違う絢爛《けんらん》な眺《なが》めに愕然《がくぜん》としたとき、淑蓉の脳裏に昨夜の記憶が閃《ひらめ》いた。そうだ、ここは彼女の部屋ではない——どころか後宮でさえない。

夜、この部屋へ連れてこられたときは、辺りの様子はよく見えなかった。天黎《てんれい》は、明かりを残していってはくれなかったからだ。

——しばらく、ここにいてもらう。

それが、宮城を出てはじめて、そして今のところ最後に聞いた彼の言葉だった。淑蓉を繙閲《はんえつ》所《しょ》から抱《だ》き抱《かか》えて連れ出し、宮城の門を出たところで待っていた軒車《けんしゃ》に押し込んで、辿《たど》り着いた見知らぬ屋敷の長い歩廊《ほろう》を、再び彼女を抱えて通り過ぎる間、天黎は一言たりとも口を利《き》いてはくれなかったのだ。

訊《き》きたいことはいくらでもあった。というよりも、問い質《ただ》したいことばかりだ。しかしこの部屋に着いたとき、淑蓉にはもうそれを確かめる気力はなかった。よく知っていたはずの人間が、ある日突然別人に変わるなんてことがあるだろうか。彼は本当に、淑蓉がよく知っていた『お兄様』なのだろうか。

それとも——彼をよく知っていると思っていたこと自体が、間違いだったのだろうか。

淑蓉の覚えている限り、天黎にこんな態度を取られたことはなかった。乱暴な振舞いに及ばれたというだけではない、話しかけて無視されたことさえも、ただの一度だってなかったのだ。

いつだって、天黎《てんれい》は彼女に優しく応じてくれた。彼女が口ごもってしまうようなときも、辛抱《しんぼう》強く話を聞いてくれ、うまく話せないでいるときは、話しやすく水を向けて先を促《うなが》してくれる。

彼に話しかけても答えてもらえないというだけで、こんなに心が折れてしまうとは思わなかった。目も合わせてくれないまま、冷たい言葉だけを放り投げられると、もう何も言うことはできなくなった。彼にうそ寒い恐怖を覚え、けれどその事実を受け入れられず、闇の中に取り残された淑蓉《しゅくよう》はよろよろと手探りで寝台に潜《もぐ》り込んだ。それ以上何も考えられないほど、疲れ切っていたのだ。夢の世界へ逃げ込みたくなるほどに。

「……夢、じゃ……なかった……」

だが残念ながら、目覚めても現実は変わっていなかった。見知らぬ寝台で迎えた朝は、歪《ゆが》んだ暗い夜の続きだ。寝台の上に座り込んだまま、淑蓉は視線を落とした。両手を縛《しば》りつける戒《いまし》めは、未だに解かれていない。

「……どうしよう」

少しの間、手を引き抜こうと試みる。しかし結び目は強く締められ、手首はしっかりと固定されて、あまり動かせる余地はない。意識してみると、少し指が痺《しび》れているような気もする。

淑蓉はため息をついた。

——天黎様に、会わないと……。

考えると、気が重くなる。また彼に冷淡な対応をされると思うだけで身体が竦《すく》んだ。だが何はともあれ、これだけは解いてもらわなければ困る。

寝台を下りて、扉へと向かう。木目が美しい光沢を放つ、気後《きおく》れするほど立派な扉に恐る恐る手をかけた淑蓉だが、しかしほどなくそうした遠慮をする余裕もなくなった。どれだけ力を込めても、扉は少しも動かない。開かない――外から閉じ込められているのだ。

「そんな……！」

急に息が詰まるような心地がして、淑蓉はがむしゃらに扉に取りついた。昨夜の暗い記憶が、不安となって胸に迫る。天黎はこのまま、彼女をここに閉じ込めてしまうつもりなのだろうか。手を縛るように彼女の自由を奪って、再び顧《かえり》みることもなく……声も届かないところへ行ってしまう。

「開けて！　お願いです、開けてください！」

増幅する不安が、恐慌《きょうこう》へと変わっていく。一体、自分は何をしてしまったのだろう。こんなにも彼を怒らせる、どんな罪を犯したのだろう。許されるものなら何だってする、だからどうか――。

そのとき、ふっと手にかかる力が抜けた。うんともすんとも言わなかった扉が、突然、外から音もなく開けられたのだ。

「失礼致します。お目覚め――」

「天黎様！」

歓喜とも恐怖ともつかない気持ちで、淑蓉《しゅくよう》は声を上げる。扉の隙間《すきま》から転がり出る勢いで走り出しかけ……そこではっと気付く。扉の向こうに立っているのは、彼ではない。

「あ……」

淑蓉は驚いてその場に立ち竦んだが、それはどうやら相手も同じらしい。呆気《あっけ》に取られたような顔をして彼女を見下ろしたのは、見知らぬ青年だった。歳は二十をいくらか過ぎたくらいか、明るい茶色の髪をした、真面目《まじめ》そうな若い男。いや、どこかで会ったことがあるような……。

互いに当惑する沈黙を、先に破ったのは相手の方だった。青年は一つ咳払《せきばら》いをすると、まだ目を丸くしている淑蓉に恭《うやうや》しく告げる。

「――おはようございます、淑蓉様。参るのが遅くなって申し訳ありません。何か、お急ぎの御用がありましたか？」

「えっ？　あ、いえ、その……」

どう答えていいか解《わか》らず、淑蓉は口ごもった。天黎《てんれい》以外の人間と顔を合わせることなど、想定していなかったのだ。しかし見知らぬはずの青年は、確かに彼女の名前を呼んだ。この人は一体誰なのだろう……。

淑蓉の戸惑いに気付いたらしい、青年は彼女の心を読んだかのように、簡潔に名乗る。

「私は、林弘瑜《りんこうゆ》と申します。天黎親王殿下より、あなたの御用をお伺いするよう申し付けられています」

あ、と淑蓉はようやく気付いた。彼には何度も会ったことがある。顔を合わせた、とは言い難いが。

「弘……瑜、様」

いつも天黎に付き従っている侍臣《じしん》と、こうして正面から相対したのははじめてだった。天黎は、自分に仕えている者をいちいち彼女に紹介したりはしなかったからだが、しかし淑蓉はしばしば彼を見かけている。天黎の呼び方を思い出して口にしかけたものの、しかしそれでは失礼だと慌てて正しく呼び直した淑蓉だが、そうした心の動きは彼にも伝わってしまったのだろう。弘瑜は少し目を見張ると、何気ない仕草で肩を竦めた。

「弘と呼んでください、構いませんから。……あの人はこちらに尋ねもせず、いきなり勝手にそう呼びましたよ」

「え？」

「それよりも、お目覚めになったのでしたら、簡単に説明させていただいた方がいいみたいですね」

失礼、と呟《つぶや》くと同時に、弘瑜は室内に足を踏み入れてくる。驚いて扉の脇《わき》に退いた淑蓉の側を通り過ぎ、きびきびとした足取りで室内の調度に向かった。

「最低限ご入り用のものはそろっているかと思います。お召し替えの衣裳はこちらに、小物の類はそちらの鏡台に。水をお使いになりたいようでしたら、その棚の下に用意してありますから、ご自由にしていただいて結構です」

「は、はい」

「他に何かございましたら、仰《おっしゃ》ってください。……今ここには、あなたに付けられるような女用人がいないものですから」

ここまで、淑蓉《しゅくよう》に息もつかせぬ勢いで一気に説明してくれた彼は、しかしそこまで言って少し言葉を切った。ぼんやり立っている淑蓉を見やる視線が、気まずそうに逸《そ》らされる。

「その……身支度をお手伝いできる者がおりません。ご不自由をおかけしますが……」

「！」

言われて、淑蓉はようやく自分の姿に気付く。何もかも、昨夜のままなのだ。腰帯を解かれて、半ば肩から脱げ落ちかけている上衣を慌てて胸元にかき寄せるが、既に時遅しであろう。内衣に乱れはないものの、どう考えても人前で、それも男性の前に晒《さら》していい姿ではない。一瞬にして、羞恥《しゅうち》が頭に血を上らせる。

「す、すみません！　ごめんなさい！　みっともないところを、その、ご迷惑をおかけして……！」

「いえ、迷惑なんてことは全然……あ！　いや違う、あの、そういう意味ではなくて」

動転しきった淑蓉の詫《わ》び言に、しかし返ってきた答えも決して落ち着いてはいなかった。先刻までのてきぱきとした調子とは打って変わって、弘瑜《こうゆ》はたじろいだように何やら呟く。依然、恥ずかしさに頭が占拠されている淑蓉だったが、それでも彼が礼儀正しく視線を逸らしたままでいてくれているのに気付くと、その意図にも思い至った。――きっと彼女に気を遣って、できる限り事務的に話をしてくれようとしていたに違いない。

やがて、彼は一つため息をつくと、再び抑えた口調を取り戻して言った。

「――では、また後ほど伺います。ご朝食の準備をしてありますから」

淑蓉に軽く一礼すると、部屋に入ったときと同じ颯爽《さっそう》とした歩調で扉へと向かう。落ち着いた、しかし素早い彼の退却を、ただうろたえて見送りそうになった淑蓉は、すんでのところで思い出した。そうだ、このまま彼を行かせてはいけない――この手を何とかしてもらわなければ。

「あの、すみません！」

お願いが、と呼びかけると、弘瑜は意外そうな顔をして立ち止まった。

「？　何ですか」

「申し訳ないのですが……これを、解いていただけませんか」

逸らされていたはずの彼の目がこちらを向いてしまうのを感じながら、淑蓉はおどおどと縛られた手首を差し出す。弘瑜は怪訝そうな顔で視線を落としたが、彼女の戒めに気付くと目を見開いた。

「……これ、どうしたんですか？」

「えっと……その、昨日……」

押さえつけられて、縛られた。抵抗することも、理由を訊くこともできなくて——しかしそれを口に出すのはためらわれる。恐怖、苦痛、無力感……けれどそれよりも何よりも、ただ悲しくて仕方がない。どうして天黎《てんれい》は、あんなことをしたのだろう。ずっと優しくしてくれたのに、もう彼女にはそうする価値がないと言うみたいに。

言い澱《よど》んで俯《うつむ》いた淑蓉《しゅくよう》だが、しかし幸いにも、それ以上の言葉は求められなかった。弘瑜《こうゆ》はすぐに彼女の手を取って、結び目を解いてくれる。

「……痛くなかったですか」

「あ、ありがとうございます。大丈夫です。ちょっと腕が痺れたくらいで……」

「——これは？」

だが不意に、その動きが止まる。一瞬、何を問われたか理解できず相手を見上げた淑蓉は、その視線を辿って思わず小さな驚きの声を漏《も》らした。弘瑜の手がずらした袖の下の腕に、見慣れない痣《あざ》がついている。今も肌の上に残る、昨夜の証《あかし》——骨まで軋《きし》ませるほどに強く、乱暴に腕を掴《つか》まれた痕《あと》だ。

「ああ……それも、昨日……」

「…………」

淑蓉は腕に残る痣を袖で隠すと、悄然《しょうぜん》と項垂《うなだ》れた。こんな痕が残ったことが、無性に惨《みじ》めで恥ずかしく思える。何故ならこれは烙印《らくいん》だからだ――あの人が彼女を嫌いになってしまったと、はっきりと目に見えてしまう。

少しの間、辺りには奇妙な沈黙が満ちる。密かに嘆息《たんそく》を零《こぼ》した淑蓉は、やがてはたと我に返って顔を上げる。弘瑜は黙ったまま、何も言わない。

「弘瑜様……？」

見上げた相手は、何とも言えない表情をしていた。微《かす》かに口の端を歪めているのは、苦虫を噛《か》み潰《つぶ》しているような、何か言いかけた言葉を無理に呑み込んだような様子に見える。わずかに眉根を顰《ひそ》めて彼女を見下ろす目は、とりあえず喜ばしい感じには見えない。淑蓉ははっとして、再び俯く。

考えてみれば、この弘瑜は天黎の侍臣であるのだ。彼の主の怒りを買った淑蓉に、愛想良くする理由などない。

「…………。それも、後ほど対処させていただかなければならないみたいですね」

やがて、弘瑜は何かを押し殺すような声音で言った。

「ですが、さし当たって不都合がないようでしたら、お支度をなさってください。朝食にご案内して……いろいろと、お話ししなければならないこともありますから」

そう言って、彼は今度こそ本当に部屋を出ていく。再び扉が閉ざされて一人きり残された淑蓉は、しばし呆然《ぼうぜん》としたものの、やがて深くため息をついて、従順に言われた通りに動きはじめた。

＊　＊　＊

夜の闇の中ではなく、輝く日の光の下で見てみると、その屋敷は本当に大きかった。中庭を中心に回廊が巡らされ、屋敷の中心の部屋部屋まで心地良く明るい。もっとも、どこが中心なのかは判然としなかった。棟を抜けるたびに、別の庭が幾つも現れる。曲水《きょくすい》を引いて小さな橋を架けた庭や、木々が大きく枝を張る緑の庭、かと思えば、石畳にきちんと刈《か》り込まれた茂みと自然の岩が配された、すっきりとした空間もある。

「少し歩いて回られれば、すぐに慣れますよ。後宮と比べれば、どうということはないでしょう」

単純に広さで言うなら、もちろん後宮の方がはるかに広いに違いないが、しかし子供の頃から何年も暮らしてきた場所とはわけが違う。完全に方向を見失って、淑蓉《しゅくよう》は迷いのない足取りで先を行く弘瑜《こうゆ》に付き従っていくしかなかった。

緑に映える落ち着いた赤で彩られた扉を開けると、弘瑜は淑蓉を招き入れる。庭に面した眺めのいいその部屋は、食事が供されるところらしかった。弘瑜に招かれるままに席に着くやいなや、どこからともなく現れた僕人たちが次々と皿を目の前に並べていくのを見て、淑蓉は呆気に取られる。彼らの、一言も口を利かない畏《かしこ》まった態度もさることながら、卓を埋める皿の数ときたらどうだろう。粥《かゆ》だけで数種があり、湯菜は更に多い。油条《あげパン》や豆漿《とうにゅう》といった馴染みのある食べ物もありはするが、点心の類はどれも見たことがないほど凝《こ》った色形をしていて、何だかよく解らない。

「あの……弘瑜様。私、こんなには食べられないです……」

慇懃《いんぎん》な僕人たちには、とてもではないが話しかけられない。助けを求めるように、淑蓉は側にいる弘瑜に言ったが、しかし彼はちょっと肩を竦めてみせただけだった。

「そう丁寧《ていねい》に言っていただかなくても、弘と呼びつけてくださって結構ですよ。食べられなければ、残してくださって構いませんから」

客の饗応《きょうおう》には、食べきれないほどの料理を出すことが礼儀ということは淑蓉も知っているが、しかしこれはあんまりだ。そもそも彼女には、こんなもてなしを受ける理由はない。

「でも、私はこんなことをしていただくような身では……」

「何を仰ってるんですか。公主殿下をお迎えするには足りなくて、こちらが恐縮なくらいです」

「…………」

淑蓉はぎくりとして身を竦ませる。それは後宮においては、常に彼女の悪口だったたからだ。

庶民の生まれ、母が受ける国主の寵愛《ちょうあい》のおかげで、後宮で分不相応《ぶんふそうおう》な生活を送る彼女のことを、多くの者は侮《あなど》り、そうでなければ遠巻きにしていた。名ばかりの『公主』、本来後宮にいるべきでない、役立たずの娘だと。

だが、今見上げる弘瑜《こうゆ》の表情には、そうした軽蔑めいた気配は見受けられない。食い入るように見つめる淑蓉《しゅくよう》に、至って真面目な口調で告げる。

「どうか、お気になさらないでください。あなたには万事不自由なくおもてなしをするよう、主より言いつかっていますから、こうでもなければ逆に叱《しか》られます」

「主……」

それが誰のことなのか、聞くまでもない。心臓が一際《ひときわ》大きく打って、淑蓉は息が詰まるような心地になる。昨日、夜の闇の中に彼女を捨てていった人。ずっと優しくしてくれたのに、けれど昨日はひどく怒っていた。彼のことを訊かなければ。

「あの、天……お兄……ええと、親王殿下は、どちらにいらっしゃるのですか？　ここは……あの方のお屋敷、なのですよね」

確かめる淑蓉の問いに、弘瑜は少し答えをためらう気配を見せた。その顔から表情が消え、無機的な声音《こわね》が告げる。

「……そうです。ですが、今はここにはいらっしゃいません。朝からお出かけになりましたので」

「そうですか……」

　思わず零《こぼ》れたため息が落胆なのか安堵《あんど》なのか、淑蓉自身にもよく解らなかった。天黎《てんれい》に会わなければいけない。会って話をしなければならない……けれど一方で、それを恐れてもいる。脳裏にちらつく暗い記憶を、淑蓉は懸命に振り払おうとした。あの人を恐れなければならないなんて、そんなことは認めたくないのに。

「それより、どうぞ熱いうちにお召し上がりください。冷めてしまってはもったいないですから」

　折よく、弘瑜がそう促す声が、淑蓉の不毛な思考を断ち切った。つい頷《うなず》きかけた淑蓉は、しかし目の前の問題が一向に解決していないことを思い出す。こんな気後れするご馳走《ちそう》を並べられても、一体どうすればいいのか……。

「あの、弘……様」

「はい？」

「その……もしよろしかったら、一緒にどうですか？　こんな素晴らしい料理を、私一人でいただくのは申し訳ないですし」

　それに、彼が立っているのに自分だけ食べるというのも、どうにも落ち着かない。一緒に席についてくれれば、いくらか気が楽になるだろうと思っての申し出だったが、これは思いがけない反応で報いられた。弘瑜はぎょっとした様子で目を見開いたかと思うと、大慌てで首を横に振ったのだ。

「とんでもない、何てことを！　私はそんなことが許される身分ではありません。親王殿下には、単に侍臣としてお仕えしているだけで、官位も何もあるわけでは……」

「私だってそうです。一応、宮女にはしていただいたけど、まだ見習いみたいなもので」

「あなたは公主殿下ですよ。……国主陛下と血の繋《つな》がりはなくとも、あなたを後宮で養育することを認められたのだから、当然そう扱われるべきです」

弘瑜《こうゆ》の言い方には、皮肉や当て擦《こす》りめいたところは少しもなくて、彼が心から言葉通りに思っているということは容易に知れた。他人にそんな風に言われることは滅多にない淑蓉《しゅくよう》は当惑したが、けれど結局は悄然と俯くしかなかった。軽んじられるのも悲しいが、しかしだからといって、国主の一族と認められるにふさわしいものがあるわけでもない。

「……ああ、そうか」

少しの沈黙の後、困り果てて黙った淑蓉の耳に、ふと、弘瑜が何やら得心《とくしん》したように呟くのが聞こえた。

「あなたも、こういう言い方じゃ駄目なんですね。まったく……へそ曲がりはあの人だけかと思ったら……」

「え？」

「失礼しました、訂正します。私は先に朝食をとったので、もう入らないんです。私にお気遣いなく、どうぞ召し上がってください」

「はい……。すみません、ご無理を申し上げて」

「いや、謝られることでは……ああ、じゃあ、お茶だけご一緒させていただいてもよろしいですか」

よほど彼女がしょんぼりして見えたのだろう、弘瑜はふと思いついたようにそう言ってくれたので、淑蓉は心からほっとした。そしてきっと、彼にもその気持ちが伝わったに違いない。近くに控えていたらしい僕人に茶を頼んでから、手近な椅子に腰を下ろすと、更に安心させるように話しかけてきた。

「この茶は長巴《ちょうは》の産ですね。私はあの辺りの生まれなんです」

最初は自分の話から、彼は雑談をはじめた。棕河《そうが》国南部の生まれで、十六のときに首都湲《えん》洲に出てきたというところまで聞いた辺りで、既に淑蓉は彼に対する警戒心を解かれていた。彼女が見たこともない場所や文物の話は、思わず聞き入ってしまうほど面白い。かと思えば、それに絡《から》めて逆に訊き返されたり水を向けられたりして、気付けば淑蓉も自然と口を開いてしまっている。

――この人、頭のいい人なんだな……。

そのうち、その感想は本当に正しかったと解った。粥や果物、珍しい形の点心などを摘《つま》んでおよそ満腹になった頃、たまたま話の流れで、淑蓉は何気なく尋ねた。

「それで、弘《こう》様はどうして都にいらしたのですか？」

ああ、と呟いた弘瑜《ゆ》は、一瞬困ったような顔をしたように見えた。しかし淑蓉《しゅくよう》が質問を引っ込める間もなく、あっさりと教えてくれる。

「それはですね、六科選《ろっかせん》を受けるところだったので」

「……六科選⁉　で、でも弘様、さっき、そのとき十六って……」

「淑蓉様、あれは何歳でも受けていいんですよ」

「そうですけど！　それはそうですけど！」

思わず全力で言い返してしまうほど、それはとんでもないことだ。急に目の前の彼が、別次元の人間に見えて、淑蓉は軽い眩暈《めまい》を覚える。

棕河《そうが》国の官吏登用試験である六科選に、確かに年齢制限はない。しかし、国中から才を集めるべきこの試験が要求するものは、膨大《ぼうだい》にして徹底している。ごく幼い頃から学問をはじめて、一般に六科選を受けるのは二十歳を過ぎてから、人によっては生涯挑戦し続ける者もあるという。生半可な覚悟と能力で挑《いど》めるものではないのだ。

いかに首都といえども、全国で栄達を夢見る大勢の人間を全員集めることはできないので、六科選の最初の試験は、それぞれの地方で行われる。その結果、ごく一握りの上位者だけが都へ赴《おもむ》いて、更なる試験へ進むという仕組みだ。六科選のために湲《えん》洲へ来たということは、弘瑜は既に地方の試験は突破していたということになる。

朔稜城《さくりょう》に六科選を受けにくる者は数多くいるだろうが、十六歳でというのは破格だろう。今の淑蓉《しゅくよう》自身と同じ歳かと思うと、いよいよ想像もつかなくなる。称賛を通り越して畏敬《いけい》の眼差しを向けられた弘瑜《こうゆ》は、しかし少し気まずそうに肩を竦めただけだった。

「いや、でも落ちたんですよ。だから本当に受けただけなんです」

「受けただけって、それがもうすごいことなんじゃないですか！　十六って……ああ、でもその後、また六科選を受けようとは思われなかったのですか？」

「……何度やっても無駄だということが解ったので、もうやりませんでした。それに、その頃にはもう、天黎様《てんれい》にお仕えしていたので」

それはごく何気ない、本当に世間話のような言い方だったが、淑蓉の口を閉ざすには十分だった。余計なことを訊いてしまったかと危惧《きぐ》する気持ちもさることながら、一番に彼女の心を暗くするのは、聞いてしまったその名前だ。

――天黎様。

彼が何を考えているのか、淑蓉は未だに解らないままだ。ひどく怒って、彼女をここに連れてきて、外から鍵をかけて閉じ込めて……それからどうするつもりなのか。

彼女の大事な『お兄様』――彼に一体、何があったというのだろう。

「……もう、食事はお済みですか」

そして、彼女が暗く黙り込んでしまった理由は、相手にも正確に解っているらしい。弘瑜は静かにそう問うと、淑蓉が頷くのを確かめて席から立ち上がった。

「では、恐れ入りますが、もう少しご一緒いただいてもよろしいですか。まだ……お話ししなければならないことがありますので」

　食堂を出て、次に連れていかれた先は、思いがけずこぢんまりとした居間だった。食堂とは別の棟にあるが、同じく中庭が望める、眺めと空気のいい部屋だ。窓の下には石畳が敷かれていて、気候のいい時期には屋外に椅子や茶卓を出して寛《くつろ》ぐこともできるようだが、今はまだ季節が早い。

「すみません、少し待っていてください」

　窓辺の椅子に淑蓉を座らせると、弘瑜はそう言い残して部屋を出ていった。しかし、淑蓉が辺りを見回して、全体的に優雅な趣味ではあるが彼女を怯《おび》えさせるような高価そうな装飾がないことにほっとしたり、一方で、彼女が座らされた椅子の敷物に恐ろしく手のかかった刺繍《ししゅう》が施されていることに気が付いて思わず腰を浮かせたりしている間に戻ってくる。彼は手にした盤子を茶卓に置くと、彼女の正面に座って、おもむろに手を差し出した。

「手、出してください」

「はい？」

「そっちの腕。痣になっていたでしょう？　今からでは遅いかもしれませんが、手当てしないよりましですから」

言われて、淑蓉《しゅくよう》は思わず袖の上から、左腕の痣を庇《かば》うように握った。鈍《にぶ》い痛みが、急に焼けつく熱を持って感じられる。それが確かに存在すること——昨日のことが夢でなかったという、逃れられない証明。

「いえ……大丈夫です。放っておけば、そのうち治ると思うし……」

「痕になって残りでもしたら大変です。いいから、手を出して」

淑蓉としては、それにまつわる暗い記憶を除けば、特に何とも思わない程度の痛みなのだが、弘瑜《こうゆ》に真剣な顔でそう言われては断り切ることもできない。当惑する淑蓉の左手を半ば強引に取ると、彼は持ってきた白布を、腕の痣に押し当ててくれた。きりっと冷えた水を含んだ布の感触が、じわりと熱い痛みを吸い取るような心地がして、淑蓉は小さく息をつく。

「痛みが引くまで、そうしていてください。薬も用意しましたから、冷えたら塗りましょう」

痣の上からそっと触れて、弘瑜は優しくそう言った。そして逡巡《しゅんじゅん》するような間の後に、小さく呟く。

「本当は、昨日のうちにこうしていれば、だいぶ違ったんでしょうけど、すみません。……きっとあの方も、こんなことまでするつもりではなかったと思うんですが……」

淑蓉はぎゅっと拳を握りそうになるのを、何とか堪《こら》えた。彼は知っているのだ。昨日、何が起きたのかを——彼の主が何を思って、こんなことをしているのかも。

「——お兄様は」

その呼びかけを使うのは正しくなかったかもしれないが、しかし彼女がそれを意識するより前に、それは唇から零れ落ちていた。もうずっと長い間、彼をそう呼んできたのだ。

「お兄様は……私を、どうなさるおつもりなのですか」

「しばらく、この屋敷に留まっていただきたいとお考えです。ここにいらっしゃる間は、ご不自由なく過ごせるよう致しますし……それ以上のご迷惑をおかけすることはないと思います」

その言葉はおそらく、彼女の密やかな恐怖を悟ってのことだったのだろう。昨夜のような恐ろしいことが、再び生じると思うのはたまらなかったが、しかしその点がどうであれ、既に現状は受け入れ難いものだ。

「でも、私は後宮の宮女です。勝手に後宮を離れることはできません」

そんな、と淑蓉は息を呑むように呟いた。

一度国主の妃嬪《ひひん》となれば、国主その人の意を受けない限り、後宮を出ることは厳罰の対象だ。妃嬪ではない一般の宮女に対する制裁はもう少し緩いものの、それでも重大な罪には違いない。淑蓉は今更ながらに青くなった。自分が咎《とが》を受けるだけならまだいいが……名目上、彼女を監督しているはずの母はどうなるのだろう。

母は、彼女が今、どこにいるか知っているだろうか。もちろん知っているはずはないが、しかし後宮から消え失せたことは、もう解っているだろう。一体どうしているだろう、務めもない厄介者の宮女のことなど、誰も気にするはずはないから、淑蓉の不在を隠すこと自体はできるかもしれない……いや、駄目だ！

「淑蓉様《しゅくよう》？」

突然、弾かれたように立ち上がった淑蓉に、弘瑜《こうゆ》が驚いた目を向ける。図らずも彼の手を振り払うような形になってしまったが、淑蓉にはそれを気にしている余裕はなかった。突如《とつじょ》思い出したことで、頭がいっぱいだったのだ。今の今まで、すっかり忘れていた――今日は、どうしても後宮にいなければならない。

「私、帰らないと……！　約束があるんです！　今、何時ですか？」

縁談相手との顔合わせの席が、今日設けられるはずなのだ。今頃は、案内の使者が白琅宮《はくろうきゅう》に着いているかもしれない。国后が仲立ちとなっている話を、無断ですっぽかすわけにはいかない。それより何よりこの話は、ただの縁談ではないのだ。もっと大事なものがかかって――。

「ああ、張延秀《ちょうえんしゅう》との縁談ですか」

「！」

そうそう、そんな感じの名前……と意識の隅でようやく思い出したりしないでもなかったが、しかしそんなことを呑気《のんき》に考えている場合ではない。こともなげに言ってくれた相手の顔を、淑蓉は目を剥《む》いて見やった。どうして彼がそれを知っているのか。

「その件も、あなたが心配することはありません。何とかやり過ごせるでしょう。あなたがここにいらっしゃるのは、あなたの責任ではないのですから、真実責任のある方が、何とでもうまくやるのが筋というものです」

「う、うまくって、何を……」

「それより淑蓉様、一つ、お伺いしたいことがあるのですが」

動揺も露わに何か言いかける淑蓉を遮って、弘瑜は至極《しごく》冷静だった。卓の上に落ちた白布を拾って、穏やかな口調で尋ねる。

「どうして、この縁談をお受けになったのですか？」

「え……」

だが、彼女を見つめる瞳は、決してただ穏やかとは言い難い色で、淑蓉はその場に固まってしまう。その瞳は静かで、激しい光はどこにもなかったが、その分だけ感情が見えない。

「張延秀と、お会いになったことがありますか？」

「い……いいえ。今日、はじめてお会いする予定で……」

「なら、彼をお好きだから縁談を受けたというわけではないんですね。それは良かった。ではどうして？」

「それは……お話をいただいたので……」

「国后陛下から？」

抑えた声音が、正確に事実を暴《あば》いていく。淑蓉は背筋が強張るのを感じた。彼の言葉は形こそ問いかけであったが、実際には確認に違いない。彼は知っている——何を、どこまで？

「——どうして国后陛下は、あなたにこの縁談を持ち込んだんでしょうか？」

単純に、淑蓉《しゅくよう》の身の上だけを考えてのことではない。彼女には垣間《かいま》見ることもできない、宮廷の権力の均衡を保つため、母の身の安全のため――しかしそれを、弘瑜《こうゆ》に告げることはできなかった。それはとりもなおさず、母のやっていることを知らせることにも繋がる。

「……解りません」

「本当に?」

けれど弘瑜の眼差しは、彼女から逸らされることはない。それは決して責めるようなものでもなく、こちらを捩《ね》じ伏せようとする力もなかったが、淑蓉は息が詰まるような心地になった。何もかも見透かされてしまいそうだ。隠しておかなければならない心の秘密まで。

「――知りません! 私は……国后陛下は、ご親切に私の身を気にかけてくださったんです。何の取り柄もない私が、いつまでも中途半端でいるから、だからそれで……それだけです」

息苦しい沈黙が、身体に圧《の》し掛かるように感じられる。半ば無意識に、淑蓉はわずかに身を引いた。そうだった、と今更ながらに思う。この人は、彼に仕える侍臣であるのだ。彼女を冷たい目で見下ろして、ここに閉じ込めていった彼の。

「……すみません」

沈黙を破ったのは、弘瑜の方だった。依然として落ち着いた言い方だが、そこには詫び言にふさわしい殊勝《しゅしょう》な響きが宿っている。

「無理にお聞きするつもりはありません。私に仰りたくないことなら、それで構いません」

「…………」

「それより、もう一度座っていただけませんか。まだ、手当てが終わってないんです。……もう、何も言いませんから」

最後は宥《なだ》めるように言われて、淑蓉は渋々椅子に戻った。弘瑜は再び彼女の手を取ると、薄く色の変わった痣の上にひやりとした膏薬《こうやく》を塗りつける。前と変わらず優しい手つきを、しかし淑蓉はもう前と同じように感じることはできなかった。結局のところ彼も、彼女をここに閉じ込めようとする側なのだ。あの人に従い、あの人の代わりにここにいる。

「…………」

ふと、胸中に湧《わ》き上がってきた感情はまったく奇妙としか言いようがなかった。弘瑜を信じることができないのは、彼の主が信じられないからだ。彼女の意志を力で組み敷く、恐ろしくて冷酷な――けれど今、一番に会いたくてたまらないのも、同じあの人なのだ。

声を聞きたい、話をしたい。たとえもう、こちらを振り向いてくれなくなってしまったとしても、これまでずっと彼女を支えてくれた彼が、消えてなくなったとは思えない。

「弘様。私、お兄様にお会いしたいんです。いつお会いできますか」

軟膏《なんこう》の上に布を当てて、弘瑜が包帯を巻き終えてから、淑蓉はそう訊いてみた。案の定、弘瑜は眉を顰《ひそ》めて答える。

「すぐには無理です。今日はもう、出かけられてしまいましたし……」

「いつでもいいんです。お帰りをお待ちします。いつお帰りになりますか」

けれどいくら淑蓉《しゅくよう》がそう言っても、弘瑜《こうゆ》の表情は晴れなかった。ああ、と淑蓉は密かに絶望する。きっと天黎《てんれい》は、彼女に会うつもりがないのだ。昨日の彼の怒りを思えば、それも当然かもしれない。きっと彼女は、何かすごくまずいことをやったのだ。それで彼に嫌われたのだ。けれど、それが何なのか、どうしても解らない……。

「ご要望は、確かにお伝えします」

やがて、弘瑜はそう言って立ち上がった。見つめる淑蓉に、微《かす》かに申し訳なさそうな表情をすると、嘆息混じりに答える。

「ですが、ご期待に添えるかどうかは解りません。どうなさるかは、あの方の判断次第ですので」

「…………」

「申し訳ありませんが、この辺でそろそろ失礼しなければなりません。少し、長居しすぎました」

茶卓から、持ち込んだ治療道具一式を再び取り上げて弘瑜は言う。淑蓉は目を瞬いて、慌てて立ち上がった。心許《こころもと》なく彼を見返す。いよいよ一人で取り残される彼女の不安を見て取ったのか、彼は微かに笑って見せると、座ったままでいるように合図をくれた。

「また後ほど、お伺いします。それまで、気を楽にしてお過ごしください。屋敷の中で、行けるところはどこでも行ってみて構いませんから。庭園まで入れれば、そこそこ散歩するくらいはあるはずですよ」

「弘様」

「私も戻ってくるつもりですが、何かあったら屋敷の者に仰ってください。どこに行かれても、その辺にいるはずですから」

彼が慰《なぐさ》めてくれているのは解ったが、淑蓉はすぐにはそれに応じることはできなかった。こんなところに閉じ込められる理由なんかない、今すぐに帰してほしい――けれどどんなにそう叫んでも、彼女の声は届かないのだ。

「……解りました」

弘瑜に当たっても仕方がない。直接言うべき相手はただ一人で、彼と会えるのを待つしか、彼女にできることはない。

やる瀬ない内心を何とか捩じ伏せて、淑蓉は大人しくそう答えた。弘瑜は礼儀正しく一礼すると、扉へと向かう。急によそよそしくされたように感じて、その姿を見送っていた淑蓉だが、彼の姿が見えなくなる前に、はたと言い忘れたことを思い出す。

「あ、弘様！」

「何ですか？」

「あの、ありがとうございました。これ……ご親切にしていただいて」

いろいろ頭の中が混乱して、危うく言い損ねるところだった。たった今、手当てをしてもらった腕を示して淑蓉《しゅくよう》が言うと、弘瑜《こうゆ》は驚いたようだった。次いで、何やら言いたそうな顔をしたが、結局はそれを押し殺したように頭を振る。もう一度会釈《えしゃく》をし、今度こそ彼は扉の向こうに消えた。

五章　隠された調べ

　改めて歩き回ってみると、その屋敷はやはり随分と広かった。庭園は大小合わせて五つ、それぞれ四面に棟が並び、どこからでも眺望が楽しめるようになっている。庭園を中心に構成された構造は伝統的なもので、特に目新しいものではないが、それだけにこんな大邸宅となると圧巻だ。

　とはいえ、決して伝統的なだけではない。普通、こうした屋敷の建物は、庭に向かって開かれている分、外側に対しては頑丈に閉ざされて、窓一つないことも珍しくない。中に妃嬪《ひひん》を抱える後宮の建物などが典型的だが、しかしここには後宮にもない、新しい技術が使われている。採光のために壁に穿《うが》たれているのは、光に透ける玻璃《はり》窓だ。

「玻璃は、綬連《じゅれん》の産物の一つですから。天黎《てんれい》様が太守《たいしゅ》となられてから、生産に力を入れていて、とりあえずここで試用中なんです」

　説明してくれた弘瑜が口にした地名は、淑蓉も当然心得ている。首都湲《えん》洲から見て西に位置する綬連は、棕《そう》河《が》国の西方への扉とも言うべき要衝《ようしょう》ではあるが、耕地としての地味はあまり芳《かんば》しくない土地柄である。黄原への商隊が行き来する東の地方と比べると、人々の生活も豊かではない。伝統的に国主の一族の者が、太守や牧《ぼく》として統治してきたが、首都にいる彼らにとっては名目上の地位といったところで、あまり真剣に関心を払われてこなかった。

土地もよくない、商売による利潤もそれほど上がらない、為政者《いせいしゃ》から見れば旨《うま》みのない綬連《じゅれん》だが、それでもいくらかは他にはない特色がある。その一つが玻璃で、古くからその製造技法が伝わっていたのだ。しかし近来は黄原から持ち込まれる玻璃装飾が珍重される傾向にあって、この伝統も細々と受け継がれているに過ぎなかった。

だが、新たに綬連太守となった天黎《てんれい》は、そこに目をつけたらしい。黄原に人を遣って技術を学ばせ、あれこれと試した結果、玻璃を板にすることに成功した。綬連の玻璃では、装飾としては黄原のものに敵《かな》わないが、建材としてならば十分以上の用途がある。

「まあ、まだ改良の余地があるんですけど……あの方はそのうち、朔稜城《さくりょう》に売り込むおつもりのようですよ」

もしそうなったらすごいことだと、淑蓉《しゅくよう》にも解《わか》る。巨大な朔稜城の、無数の窓という窓を覆《おお》う玻璃を作るなら、綬連の工房は大層忙しくなるだろう。それだけではない、宮殿で使われているというお墨付《すみつ》きを得たならば、世間に広まるのもあっという間だ。

そもそもこの屋敷自体が、そうした意図を持っているに違いない。屋敷の玻璃窓は全て、綬連の工房から運ばせたものだと聞いて、淑蓉は喜びと誇らしさが入り混じった気持ちが胸に湧《わ》き上がってくるのを感じた。この屋敷の仕事だけでも、かの地の人々には得難い恵みとなったはずだ。

──そういう方だもの。

それが、彼女がずっと知っている『兄』の姿だ。国主の子、世に稀なる高貴な身分に生まれながら、彼が他者を踏みつけにするようなところを見たことがなかった。もちろん彼も貴人の常として、他者の奉仕を当然のものとして受け入れる、良く言えば度量、悪く言えば傲慢《ごうまん》さを持ち合わせないわけではない。だがそれは彼の立場としては、むしろ備わっていなければならない才覚である。

多くの者に傅《かしず》かれ、誰も彼もに本心を覆《おお》い隠して平伏されても、彼は感覚を失わなかった。人々の臣従を当然と受けはしても、跪《ひざまず》く人々の存在を当然とはしなかった。そこにいるのは、ただ従うだけの人形ではなく、それぞれに生きてものを感じる人間だと、彼はちゃんと解っているのだ。だからこそ、こんなことができる。遠く離れた綬連の人々のことを、真摯《しんし》に考えて施策を取る──彼女のために、地に膝《ひざ》をつくのもためらわず、手を取って助けてくれるのと同じように。

彼がその姿勢を捨てたのは、あの夜だけだ。

「…………」

今日もまた、屋敷の歩廊《ほろう》を塞《ふさ》ぐ扉の前に立って、淑蓉はため息をついた。頑丈な木の扉は、いくら押してもびくともしない。向こうから閂《かんぬき》でも掛けられているのかもしれない。

淑蓉《しゅくよう》が留め置かれて、行動の自由を許されている区画は、実はこの屋敷の全てではない。家主の私的な居住空間であり、この扉によって外界と隔絶《かくぜつ》されている。この扉の向こうは、親王府、あるいは首都における綬連《じゅれん》太守府として政務が行われる、公の建物であるらしい。

——きっと、そこにいらっしゃるのに……。

淑蓉がこの屋敷に連れてこられてから、既に三日を過ごしたが、しかし彼女は未だに主に会うことができていない。最初の日から、弘瑜《こうゆ》に会うたびに何度となく頼み込んでいるのだが、言を左右にされて答えをもらえないでいるのだ。

弘瑜が好きでそうしているのではないことはよく解っている。聡明《そうめい》な彼はいつだって、無難な理由で彼女の望みが叶《かな》えられないことを告げるのだが、そのたびにほんの少し、申し訳なさそうな顔をするのだ。彼はちゃんと、彼女の言葉を伝えてくれているのだろう。だから……会ってもらえないのは、あの人の意志なのだ。

——もう、私の顔も見たくないって……？

それでも諦《あきら》めず、昨夜は遅くまでこの扉の前にいた。ここは彼の家なのだから、ずっと張り込んでいればいつかは帰ってくるだろうと、夜を徹して待つ覚悟だったのだ。けれど結局、それも無駄だと解った。彼女の様子を見に来た弘瑜が、驚いて教えてくれたのだ。

「あー、淑蓉様……申し上げにくいんですが、あの人はこっちにはお帰りにならないですよ」

「……私が、いるからですか」

「違います、元々なんです。……前邸の執務室の近くを、勝手に臥室《がしつ》として占拠しておいでなんです。警護のためには、ちゃんとこちらまで戻ってくださった方がありがたいんですけど、また面倒くさいだとか何とか仰《おっしゃ》って……」

後半は何やら愚痴《ぐち》めいている弘瑜の呟《つぶや》きに、淑蓉は密かに仰天《ぎょうてん》してしまう。彼女の知る天黎《てんれい》は、およそそんな風に言われる人ではなかったからだ。何をやらせても上手にこなせて、いつでも誰にでもきちんとしていて、穏やかで優しい彼女の『お兄様』。

でも——それだけが全てではなかったのだと、とうに彼女も知っている。

今も扉が開かないことを確かめて、淑蓉は渋々そこを離れた。当てもなく、庭園を巡る回廊を歩く。事実上、彼女はこの屋敷の囚《とら》われ人であるのだが、閉塞感《へいそくかん》はあまり感じない。何せ広いのだ——彼女の想像していた以上に。

——そう言えば……。

ふと脳裏に蘇《よみがえ》ったのは、古い昔の記憶だった。かつて天黎が宮殿の定め通り後宮を出て、外で暮らすことになったとき、彼女はひどく寂しかったものだ。ずっと近くで生活していた彼が、いなくなってしまうのが辛かった。一緒についていけたらいいのにと、本気で思っていた。

あの頃、あれほどまでに望んだ場所にいる。——なのに今、それを喜ぶことができないなんて。

「私だけが……知らなかったのかな」

自分でも、お世辞にもよく気がつくとか、察しがいいとかいう性質でないことは解っている。鈍くて、気が回らなくて……当然見えて然《しか》るべきはずのものまで見落としてしまう。

──また面倒くさいだとか何とか仰って……。

弘瑜《こうゆ》がそう言ったとき、心の底からびっくりした。天黎《てんれい》がそんなことを言うところなど、想像したこともなかった。けれど弘瑜の言を欠片《かけら》も疑わず、むしろ心のどこかで納得しさえしたのは、きっと彼女も気付いていたからだろう。どこから見ても完璧《かんぺき》な、彼女の『お兄様』──だが、生身でこの世に生きていて、完璧な人間などというものはありはしないのだ。

彼女と一緒にいるとき、天黎は本当に優しかった。誰にも振り返られない彼女のことを気にかけてくれて、何を言っても怒りもせず、いくらでも甘えさせてくれた。それがとても嬉しくて、彼の側は居心地が良くて……けれどどこか後ろめたくもあった。この親切に報いるようなことを、彼女は何一つしていない。する機会さえなかった──『面倒くさい』なんて些細《ささい》な愚痴の一言も、あの人は彼女の前では零《こぼ》さなかったから。

彼女に対する気遣いだったのか。それとも、彼女に言っても無駄だと思っていたのか。いずれにせよ、淑蓉《しゅくよう》は何もしなかった。彼の優しさの裏に当然あったはずの何かに、気付きもしなかった。ずっと親しいと思っていたのに……彼が何かに苦しんでいたかもしれないのに、助けることもできなかった。

──こんなときだけ、俺をそう呼ぶのか。

あの夜、そう言った天黎の声は苦しそうだった。ただの怒りだけではない、耳の内側に残るざらりとした感触を、今もはっきりと覚えている。彼を兄と呼びながら、何も理解しようとしなかった、彼女に対する怨嗟《えんさ》の響き。

知らず、淑蓉の右手が左腕に触れる。あの夜、彼の怒りのままに付けられた痣《あざ》はもうほとんど治ってしまっていたが、今の淑蓉にはそれが残念でならなかった。彼に与えられたものは、何であれ失いたくない。

あのときは、ただ怖くてたまらなかった。けれど今にして思えば、あれは得難い好機だったのではないだろうか。ずっと彼女の理想の『お兄様』でいてくれたあの人が、はじめて示してくれた語られざる心の一部に、確かに触れられたのだから。たとえそれが、あの熾烈《しれつ》な怒りでも、何も言われないよりはずっとましだ。

――どうして……。

自問する言葉に、裏切られたような気持ちは既になくなっていた。今こそ本当に、彼のことを知りたいと思う。傷つけたのなら謝りたい……苦しむようなことがあるのなら、どうにかして力になりたい。

どうして、彼はあんなことをしたのだろう。彼女の腕に痣をつけて、力任せに床に組み伏せて自由を奪って……あんなやり方で、何度も口付けを……。

「…………」

瞬間、奇妙な動揺に襲われて、淑蓉《しゅくよう》は慌ててその記憶を振り払おうとした。たった数日前のことなのに、もう記憶がおかしくなっている——あんなに恐ろしかったはずなのに、何故今それを思い出すと、心臓がどぎまぎするのだろう。恐怖ではない、別の震えが背筋を走る。ぞくりとする感覚は、けれど決して不快ではなくて……何故かひどく胸が苦しい。

いや、駄目だ。一体何を考えているのだろう。もっと真剣に考えなくてはと、淑蓉は自分に言い聞かせる。彼をあんなに怒らせたのだ、それがいいことであるはずがない。きっと天黎《てんれい》は、彼女に屈辱《くつじょく》的な気持ちを与えようとしたに違いない……たとえ彼女が、それを屈辱とは思わなかったとしても。

——じゃあ、どう思っているっていうの？

内なる問いに、いても立ってもいられなくなる。歩廊を脇目も振らずに進みながら、淑蓉は必死でその問いを退けようとした。何とも思ってない、どうもしない。あの人は親王殿下で、彼女はただの妹みたいなもので、それで……それだけで……。

「…………。……あれ？」

懸命の努力の結果、何とか葛藤《かっとう》を押し退《の》けた淑蓉は、そこでふと気がついた。目に映る景色が、いつの間にか見知らぬものになっている。いや、屋敷の中であるには違いないのだが。

「……迷った？」

ああ、とため息をつく。実のところ、こういうことははじめてではなく、この数日に何度もあった。中庭を中心に正確な四方形を構成する屋敷の構造が、方向感覚を失わせるのだ。一度通ったはずの場所でも、逆向きに回廊を巡るだけで解らなくなったりもする。建物の中のことだから、少しさまよえば見知った場所に戻れるので、深刻に助けを求める必要はないが、それにしてもここはどの辺りだろうか。

「えっと……この庭の、こっち側だから……」

通路に並ぶ扉の一つを開けてみる。彼女がこの屋敷で与えられている部屋と同じような、文句のつけようはないもののどこかよそよそしい部屋は、おそらくここに滞在する来客用のものだろう。この屋敷にそうした部屋がたくさんあることは、既に淑蓉も知っていた。臥室《がしつ》、居室、書画の飾られた応接室……どこもきちんと整えられて、今すぐにでも人を迎え入れられそうだったが、しかし特に覗《のぞ》いて面白いわけでもない。

だが、そうして一つ一つの部屋に首を突っ込んでいった淑蓉は、その果てに少し変わった場所を見つけた。通路の直線の一番端にある扉は、他のものとは違い、凝《こ》った装飾も彩色もされていない。壁に溶け込んで、敢《あ》えて目立たないようにされているようだ。

――物置？

他人の屋敷で、そうした場所を覗き込むのは感心されたことではない。淑蓉は一瞬ためらったが、結局は扉を開けた。どこもかしこも優雅で美しい、けれどそれだけに馴染《なじ》めないこの屋敷にも、そうした裏側があると思うのは妙にほっとすることだ。

そっと扉を開けた先は、しかし淑蓉《しゅくよう》が想像するほど裏側めいた雑然とした様子ではなかった。装飾のほとんどない、簡素極まる空間は確かに物置なのだろうが、壁には小さいながらも採光のための窓があり、棚や机やその他の道具は整然とあるべき位置に置かれているようだった。思ったよりも、埃《ほこり》っぽい感じはしない。いくらか人の出入りがあるのだろう。

「……あ!」

辺りを見回した淑蓉は、ふと見出《みいだ》したものに声を上げる。隅に密やかに安置されていたのは、見覚えのある箏《そう》だ。

——これ、確か昔……。

錦《にしき》の飾布の特徴的な模様は記憶にある通り、けれど記憶よりは幾分色褪《あ》せて見える。過ぎた時間を感じさせる古い箏は、まだ後宮に天黎《てんれい》がいた頃に、彼が持っていたものだ——これで何度となく、彼女に弾き方を教えてくれた。

懐《なつ》かしい記憶が一気に脳裏を席巻《せっけん》して、淑蓉は思わずそこに座り込んだ。木目を撫《な》でるように手で触れる。滑《なめ》らかな木の感触がたまらなく優しく感じられて、胸の深いところから何かが溢《あふ》れてくる。そう、この箏の音が好きだった。側で教えてくれる優しい声も、手を握る温かい温度も……けれど何よりも、彼の奏でる箏の音が好きだったのだ。軽快でしなやかで、それでいて耳に残る音色。自分には絶対に出せない——他の誰にも、決して同じ音は出せない。憧れるというよりは、ただ……好きだった。

まだ、この箏は主の音を覚えているだろうか。同じ音は出せないにしても、せめてその片鱗《へんりん》くらいは感じられるのではないだろうか。箏を床に下ろそうと、棚に向き直った淑蓉は、しかしそこで今度は別のものに目を引かれる。

——何の紙……？

最初は、箏の譜ではないかと思った。彼女にも弾けそうな比較的簡単な曲の譜ならいいと思いながら、畳まれた紙を何気なく開いた淑蓉だったが、一見してすぐにそれが想像していたものでないことに気付いた。信書、というか書き付けのようだ。走り書きのような筆致で、単語ばかりが羅列《られつ》してある。

——曲沙《きょくさ》、正五品丁元祥五百、従六品張可真三百九十……蒼林《そうりん》、正六品李何某四百余……？

曲沙、蒼林というのは、淑蓉の知る限り地名で間違いないはずだ。品というのは官吏の等級、その後に続いているのが人名であることを考えると、その地に勤めている官吏の名なのだろう。

しかし、その後の数は何を意味しているのか。給料表にも見えるが、官吏の給金は等級で決まるから個人名は要《い》らないはずだ。それにこれが給料とするなら、額だって何かおかしい……。

「！」

不意に、どこかでぎしっと木が軋む音がして、淑蓉ははっと我に返った。とっさに書き付けを元の位置に戻したのは、疾《やま》しかったせいに違いない。こんなところに入り込んで、勝手に物を漁《あさ》って見るなど行儀が悪いと、自分でも解ってはいるのだ。

外の歩廊を、足音が近づいてくる。さすがに彼女自身がここから消え失せることはできず、気まずく待ちうける淑蓉《しゅくよう》の前に、やがて足音の主が姿を現した。

「――淑蓉様？　こんなところにいらっしゃったんですか」

開いたままだった扉のところで軽く合図をして、部屋の中に顔を出した弘瑜《こうゆ》は、明らかに驚いたようだった。そそくさと立ち上がる彼女へ怪訝《けげん》な目を向ける彼に、淑蓉は慌てて頭を下げる。

「あの、ごめんなさい。その、扉が開いていたので……すみません」

「ああ、いえ、こちらこそ不備で申し訳ありません。ですが、ここで何をしていらっしゃったんですか」

「それは……ええと、この箏を見かけたので」

まさか、棚を漁っていたとも言えない。淑蓉は懸命に無難な返事を探した。

「昔、私もこれを弾かせてもらったことがあるんです。見かけたら懐かしくなって、ちょっと弾いてみたいって思って……」

そしてどうやら、この答えは正しかったらしい。ああ、と答えた弘瑜は、特に疑う様子もなかった。

「ご入り用なら、お部屋まで運ばせます。それに、ずっとここにあったので、そのままではちゃんと音が出ないと思いますし……一度、弦など確認してからお持ちしましょう」

「あ、い、いいえ、ちょっと思いついただけなんです。そこまでしていただかなくても」

「たいしたことじゃありませんよ。淑蓉様が楽しくお過ごしになれるなら、それが一番ですから」

「す、すみません……ありがとうございます」

「ところで、そろそろそちらから出てきていただけませんか。屋敷の大事なお客様に物置などにいていただくのは、大変心苦しいので」

扉を開けて促されれば、それ以上ぐずぐずしているわけにもいかない。愛想よく声をかけてくれる弘瑜に、精一杯の微笑みを返すと、淑蓉は密かに後ろ髪引かれる思いを何でもない顔に押し隠して、その場は彼について部屋を出た。

＊　＊　＊

その夜、物音一つしない暗がりの歩廊を、淑蓉は探るように歩いていた。ぼんやりとした灯火の明かりに照らしてみると、ただでさえ慣れない屋敷は、完全に未知の場所に見える。昼間とはまるで違う印象に戸惑いながら、それでも辺りを確かめて先へ進む。

――確か、こっち……。

庭園の角を曲がる。向かっているのは、昼間入り込んでしまったあの物置だ。本当は、弘瑜がいなくなってすぐにまた訪れたかったのだが、部屋に箏が届けられるとそんなこともできなかった。美しく艶《つや》を出すほどに磨《みが》かれて、少しの狂いもなく弦が張り渡された立派な箏を受け取って、何もせずに放っておくのはいたたまれない。彼女が思わず口にした言い訳のために、手を煩《わずら》わせた人がいると思うと申し訳なかった。

せめて彼らに、仕事が報われたと思ってもらえるくらいの時間は弾いていようと考えた淑蓉《しゅくよう》は、結局日が落ちるまでの数刻の間、ひたすら習い覚えた曲を繰り返し鳴らし続けたのだった。……彼女の拙劣《せつれつ》極まりない才能が、彼らに努力を残念がらせたかどうかは定かではないが、単に時間だけでいうなら満足してもらえたはずだ。夕食を終えた後は一旦は臥室《がしつ》に入り、僕人たちも床《とこ》に入ったと思われる時間になってから、再びこうして抜け出してきた。

自らの位置を確かめながら、慎重に足を進める。この暗闇で道を失うのは切実に勘弁してほしかったからだが、その労力は正しく報われた。直線の歩廊の端に、装飾のない、壁に溶け込むような目立たない扉がある。

――ああ、ここ。

目的地を発見した安堵と、これからしようとしていることに対する緊張から、淑蓉は大きく息をつく。こんなことがいいことだとは思わないが……それでも気にかかって仕方がない。

――もう一度、あの紙を確かめないと。

昼間、この物置で見つけた奇妙な書き付け。これまで淑蓉が見たことのある中で、あれに一番近いのは、宮殿の書庫に保管されている官吏の褒賞懲戒《ほうしょうちょうかい》記録だ。官吏の給金は等級で一律に定められているが、特別な功績のあった者には一時金を賜《たまわ》るという形で報いることがある。

だが、官吏に金を払うのは国主だ。あるいは地方官であれば、その土地の牧か太守ということになるだろうが、どちらにしろそういう意味であるならば、あんな書き付けがこの屋敷にあるのは奇妙なことだ。曲沙《きょくさ》も蒼林《そうりん》も、綬連《じゅれん》太守たる天黎《てんれい》の管轄下にはない、まったく別の地域である。

国主の官吏が、主以外の者から程度を越えて金品を受けることは禁止されている。贈ろうとする者もまた、同じく罪に問われる。

——そんなはず、ない……けど。

だから、もう一度確かめなければならない。きっとあれは、何かもっと別の意味に違いない。仕事の割り当てとか、試験の点数とか、遊戯《ゆうぎ》の配点だとか、とにかくそんな……罪のないもののはずだ。

棚の中にあった書き付けは、一枚ではなかった。全部通して見てみれば、本当のことが解るかもしれない。

恐る恐る扉に手を伸ばす。息を吸って覚悟を決めると、淑蓉は思いきって扉を引く。

「……あれ？」

だが、微動だにしない感触だけが伝わってきて、思わず声が零れてしまう。扉は固く閉ざされていた――鍵がかけられている。

「…………」

やはり、もっと早く来るべきだったのか。一体いつ鍵なんてかけられてしまったのか。どうして……けれどそう思う一方で、密かにほっとしている自分にも気付いている。これで、彼女には何もできなくなった――恐ろしいことを発見してしまう可能性は、万に一つもなくなったのだ。

「……そんなはず、ないものね」

声に出して、一人呟く。静まり返った闇の中に答える声はなかったが、それだけでまた少し、希望が真実に近づいた気がした。そう、そんなことがあるはずがない。たとえ淑蓉《しゅくよう》が彼の全てを知っているわけではないにしても、これだけは間違いないと思える――国主の律法を犯すような後ろ暗い行いに、彼が手を染めるはずはないのだ。

思いを振り払うようにため息をついて、淑蓉は扉の前を離れた。再び、来た道を引き返す。依然、闇は深かったが、気付けばところどころ薄ぼんやりと光っているところがある。庭に面した玻璃窓が、微かに輝いているのだ。

――月が。

来るときは緊張していて気付かなかった。玻璃窓が通しているのが月光であると気がついて、淑蓉は暫《しば》し足を止める。玻璃を通して向こう側に、白い光に照らされた庭園の風景が滲《にじ》んで見えた。息をするのも忘れるほどに美しい、静謐《せいひつ》な空間。

誘われるように、淑蓉は歩廊から庭園に下りた。昼間も、その緑と手入れの良さで人目を楽しませる眺めだが、夜の中ではまた違う雰囲気だ。木々の緑は茫洋《ぼうよう》とした黒となり、ただ微風に合わせて不思議な葉擦《はず》れの音を立てる。庭の中心にある池に、月の姿が映っていた。凪《な》いだ水面《みなも》は小波《さざなみ》の一つもなく、鏡のように滑らかに輝いている。

一幅《いっぷく》の絵のように美しい光景、けれどそれに心惹《ひ》かれるのは、単に美しいからというだけではない。淑蓉は池に歩み寄ると、その側に座り込む。遠い昔、ここではない場所――ひどく曖《あい》昧《まい》な、おぼろげな思い出。

――あの夜も、月が綺麗《きれい》で。

まだ、彼女が後宮に来たばかりの頃。新たな生活に馴染めないでいるときに、はじめて彼と出会ったのだ。今夜のように美しい月が水面に映る池の側に立っていた彼は、伝説に言う月宮から下りてきた、この世ならぬ人に見えた。

――手紙を、届けてくれるって。

今にして思えば、幼稚で馬鹿げた思いつきだ。母に引き取られて後宮に来たものの、どこにも居場所がないのが寂しくて、死に別れた父に手紙を書いた。伝説では、月には死者の国があって、地上を離れた人々はそこでずっと親しい者を見守っていると言われているからだ。

大人なら一顧《いっこ》だにしないはずのお伽《とぎ》話を、しかし彼は笑わなかった。彼女の手紙を受け取って、父に届けると言ってくれたのだ。あの瞬間から、手紙が届いても届かなくても、そんなことは構わなくなった——この地上にだって、ちゃんと彼女の気持ちを解ってくれる人がいるのだから。

だから、信じている。あのときからずっと——たとえ何が起きたとしても、あの人が優しい人だということに変わりはないと、信じている……。

水面に映る月影が揺れる。それが小波のせいではなく、自分の目の方に原因があると悟って、淑蓉《しゅくよう》は急いで瞼《まぶた》を閉じた。俯《うつむ》いて、零れそうな雫《しずく》を拭《ぬぐ》う。違う、涙など零す理由はない。信じているのだ——何もかも変わってしまったなんて、思いたくはないのに……。

夜気を震わす微かな響きが聞こえてきたのは、そのときだった。

「…………？」

はっと顔を上げて、淑蓉は辺りを見回す。反射的に身構えたが、しかし依然として近くに人《ひと》気《け》はない。聞き間違いかと思いかける彼女の耳に、しかし二度、三度と続けて同じ音が聞こえる。微かな風に乗って運ばれてくる、柔らかい——箏の音色。

「！　これ……！」

間違いない、聞き間違えるはずはない。ずっと側で聞かせてもらってきた——あの人の奏でる音。

胸が締め付けられるような焦燥《しょうそう》感に駆られて立ち上がる。しかし、音のする方向はよく解らなかった。ここからは離れたところだ。おそらくはあの開かない扉の向こう、屋敷の前邸から聞こえてくるのだろう。

切れ切れに届く音色に、それでも息が詰まりそうになる。雷に打たれたようにその場に立ち尽くしていた淑蓉だが、しかし続けて聞こえてきた旋律に、更に驚かされる。軽やかな流れる音、彼女もよく知るこの曲は。

「――春燕連舞《しゅんえんれんぶ》……」

淑蓉が尚儀《しょうぎ》を馘首《くび》になったときに弾かされていた曲は、けれど同時に、最後に彼が教えてくれた曲でもある。今は遠い昔に思える、けれど本当はつい最近のことだ。不器用な彼女に文句も言わず、辛抱強く丁寧に教えてくれた――昔と少しも変わらずに。

その名の通り空に燕《つばめ》が舞う様を表すこの曲は、美しくはあるが、どう考えても夜半にふさわしい選曲とは思えない。淑蓉は空を見上げる。中天にぽっかりと輝く月。あの夜と同じ月が、今夜も地上を照らしている。

――きっと……。

彼もあの月を見ていると、淑蓉は確信した。同じ月を見て、同じ記憶を辿《たど》っている。こんな夜に、誰に聞かせるわけでもなく、不似合いな旋律を奏でて――彼女のことを考えていてくれる。

「……天黎《てんれい》様」

ほんのわずかな音でさえ、聞き逃したくない。夜風が伝える微かな音色を、淑蓉《しゅくよう》は息を潜《ひそ》めて聞いていた。春の冷たい夜気がすっかり体温を奪い去り、遠い音色が聞こえなくなるまで、ずっと。

＊　＊　＊

次の日、朝食の後に、淑蓉は弘瑜《こうゆ》を捕まえることに成功した。

「弘様。お願いがあるんです」

「ああ、ええと……すみません」

切り出された弘瑜は、気まずそうな顔をしていきなり謝った。この数日繰り返されてきたやりとりのせいである。天黎《てんれい》に直に会いたいという淑蓉の望みが、未だに果たされていないからだ。何かと彼女の許《もと》に顔を出して、いろいろと面倒を見てくれる彼ではあるが、朝一番に淑蓉と顔を会わせたときにこの報告をしなければならないのは気が重いようで、このときだけはどことなく及び腰なのだった。

「ご希望は重々承知しているんですが……なかなか時間が」

「いえ、違うんです。あ、違うっていうか、それもあるんですけど今日はそうじゃなくて」

とはいえ、淑蓉としては別に、彼を責めているつもりはない。弘瑜は自分の主に、忠実に務めているだけなのだ。

それが解るからこそ、これまではずっと辛かった。彼女の存在を拒否しているのは、他ならぬあの人なのだと思い知らされるのは悲しかった。けれど、そうではないのかもしれないと、今日は思えるのだ。何か理由があるだけで——彼が変わっていないことを信じられるのなら。

「伝えていただきたいことが、あるんです」

淑蓉の言葉に、弘瑜は目を瞬いた。少しほっとした様子なのは、一応は彼の力が及びそうな頼みであったからだろう。もちろんです、と答えた彼に、淑蓉は告げる。

「どうか、早くお休みになってくださいって、お伝えください」

「……はい？」

「昨日の夜、箏の音が聞こえたんです。あの方が弾いていらっしゃる箏の……でも、もう夜半も過ぎていたし、いくらお仕事が忙しくても、そんな時間まで起きてらっしゃるのはお身体に障《さわ》るんじゃないかと思って、だから」

「…………」

「御身お大事になさってくださいますよう、申し上げてください。お願いします」

ぺこりと頭を下げた淑蓉を、弘瑜は一瞬呆気に取られた表情で見つめた。しかしすぐにその表情を正すと、恭しい礼儀正しさで応じる。

「……お言葉、確かに承《うけたまわ》りました。必ず、我が主に申し伝えます」

折り目正しく一礼して、部屋を出ていく弘瑜《こうゆ》の後ろ姿を見送る。依然として整理できない混乱はあるものの、少しだけ胸のつかえが取れた気がして、淑蓉《しゅくよう》は密かに安堵の息をついた。

六章　親王殿下の兄妹事情

「――いい加減にしてください！」

　扉を開けて、半ば執務室に飛び込む勢いで足を踏み入れた弘瑜は、開口一番そう言って部屋の主を怒鳴りつけた。机案《きあん》に向かっている相手は、しかし目を通している書面から目も上げようとしない。少しくらい、耳を傾ける姿勢を見せたらどうなのか、と弘瑜は更に腹立たしく思った。まったく可愛げのない。

「こんなこと、いつまで続けるつもりなんですか！　いつまでもってわけにはいかないんですよ――天黎《てんれい》様！」

　だが依然として、相手の様子に変化は見られない。どうも、このまま彼の訴えを聞き流そうというつもりらしい。これまではその拒絶的な態度に押し切られて、ついつい引き下がってしまっていたのだが、今日という今日は何としてでも聞いてもらわなければ。

　机案に歩み寄った弘瑜は、主の目の前から素早く書面を取り上げる。さすがにここまで直接的な行動は予想していなかったのだろう、少しの驚きが混じった不興げな表情でようやく顔を上げた主に、思い切って告げる。

「これ以上は駄目です。私はもう嫌ですからね。……これ以上、あの方に気の毒なことをするのは」

どう考えても、こんなことが許されるわけがないのだ。非力な少女を有無を言わさず連れ去って、何も知らせないまま屋敷に閉じ込めるなど、非道《ひどう》な行いとしか言いようがない。いくら主命であるとはいえ、自分がこんなことの片棒を担《かつ》ぐ羽目になろうとは、弘瑜《こうゆ》は考えたこともなかった。

……いや、むしろこんなのが主命だということ自体が大問題なのだが。思わず主を睨《にら》む弘瑜に、しかし非道の主は悪びれる気配もない。どころか逆に不機嫌に睨み返してくる始末だ。

「気の毒？　何でも好きにさせておけって言っただろう」

「そういう意味じゃありませんよ！　いつまでもあの方を放り出しておくのは止めてくださいと申し上げてるんです」

「しばらく顔を合わせるなと言ったのは、おまえじゃないか」

それは、そうなのだが。少し前に交わした会話を引き合いに出されて、一瞬言葉に詰まった弘瑜だが、すぐに思い直して頭を振った。大体、彼にそんな責めるような口調で言われる筋合いはない。事の元凶《げんきょう》のくせに、態度の悪いことこの上ない。

「頭が冷えるまで、お会いにならないよう申し上げたんです。……あんな力技で連れてくるなんて、聞いてませんでしたからね。あれじゃ、完全に人攫《ひとさら》いですよ」

そもそも、土台が乱暴な話ではある。名目上は後宮の宮女である淑蓉《しゅくよう》を、無断で城の外に連れ出すだけで、下手《へた》をすれば国主の意に背《そむ》くとして大逆《だいぎゃく》を問われかねない行動なのだ。とはいえ、その辺の危険は事前に理解していたし、うまく根回しさえすれば避けられる事態なので、弘瑜《こうゆ》としては敢《あ》えて異を唱えはしなかった。

しかし、実際に淑蓉が直面したであろう乱暴さは、到底見過ごされていいものではない。手を縛《しば》られてあんな痣《あざ》までつけられて、無理に見知らぬ場所へ連れてこられたまま放り出された彼女の恐慌《きょうこう》と衝撃は、想像するに余りある。

ましてや――それが、ずっと慕《した》っていたはずの『兄』の仕業《しわざ》なら。

「いくら何でも、あれはやり過ぎです。あの方があなたをどう思っていらしたか、重々ご承知だったでしょうに」

思っていたというか、思わせられていたという方が正しいような気がするが。これまで主の側で見てきた、淑蓉に対する数々の言動を思い出し、弘瑜は呆《あき》れたものか嘆くべきか悩ましい気持ちになった。まあよくも、ああまで猫を被《かぶ》っていられたものだ。あれならば、淑蓉にとっては、この人は完璧《かんぺき》な兄に見えたことだろう。寛容《かんよう》で優しく聡明《そうめい》な、頼り甲斐《がい》のある『お兄様』……今、弘瑜の目の前で、真実を指摘されて不機嫌にむくれているこの人のことは、きっとほとんど知らないだろう。

天黎《てんれい》が一体どうしてそんなことをしていたのか、よくは知らない。弘瑜が彼に仕えはじめた頃には、既にそういう態度だったのだ。常日頃の、弘瑜に対するものからはまるで想像できない物腰に、はじめて見たときには呆気《あっけ》に取られたが、別に悪意があってやっているわけでもなさそうなので、特に追及はしなかった。その態度は嘘《うそ》というよりは……何かもっと、切実なもののような気がしたからだ。

だがこうなると、本当に悪意がなかったかどうかは怪しいものだ。天黎は、徹底して自分の普段の姿を彼女に見せなかった。それはつまり、彼は淑蓉に自分がどう見られるか、十分認識していたということだ。その上で、わざと彼女の信頼を叩《たた》き壊したというのなら、悪趣味というしかない。

「……あなたは、あの方のことを大切にしているんだと思ってましたよ」

ずっと、天黎のあの振舞いは彼女のためだと思っていた。彼女のためになりたいと、彼が思っているということの現れだと思っていた。誰にだって、そういう相手はいていいはずだ。ひねくれ者で可愛げのないこの主にも、無条件で可愛がる『妹』がいるというのは、なかなか微笑《ほほえ》ましいことではないか。

だが、ようやく口を開いた主は、陰惨《いんさん》な声音《こわね》でぽつりと呟《つぶや》く。

「大切に、してたとも。……他の男なんか、目に入らないように」

「――は？」

「俺以外の男のことなんて、一生知る必要ないんだ。後宮にいるからって、手を抜いたことはないはずだぞ。後宮関連の行事の名簿は常に調べて、万が一にも淑蓉《しゅくよう》に目を留めそうなのは全部落としておいたし。余計なことを耳に入れそうな奴も。後宮の姦《かしま》しい宮女の噂話《うわさ》だけはどうにもならないが、幸い親しい友人の一人もできなかったみたいで俺としては願ったり叶《かな》ったり……」

「いやいやいや！　ちょっと待ってくださいい何ですかそれ、そんなことしてたんですか初耳ですよ！」

「ああ」

「さらっと肯定しましたね？　『ああ』じゃないですよ！　おかしくないですかそれは」

「どこが？」

真顔で訊《き》き返されてしまった。弘瑜《こうゆ》は絶句して、相手の顔をしげしげと見つめる。小揺《こゆ》るぎもしないその表情にためらいを覚えつつ、それでも恐る恐る言ってみる。

「……『兄』として、『妹』の幸せを願う気持ちはないんですか」

「『妹』？」

瞬間、天黎《てんれい》の顔に浮かんだ感情は、いっそ清々《すがすが》しいほどひどいものだった。形のいい唇を歪《ゆが》めて、眇《すが》めた瞳が面倒そうに弘瑜の顔を一瞥《いちべつ》する——はっきりと、「馬鹿じゃないのか」という顔だ。

「馬鹿馬鹿しい。血は一滴たりとも繋《つな》がってないいんだ。淑蓉は父親の姓を名乗っているし、系図の上でも関係ない。まったくの、赤の他人だろう？」

「よくもぬけぬけとそんなことを……」

微塵《みじん》の迷いもなく言い切られて、弘瑜は軽い頭痛を覚える。ふと、淑蓉がこれを聞いたらどう思うだろうという考えが頭を掠《かす》めた。……兄として接してくれていると信じている相手に、まさかこんなことを思われているとは、想像もしていないに違いない。

何とまあ、と内心で呟く。では、天黎が彼女を可愛がっていたのは、まるで無条件というわけでもなかったのか。——微笑ましくも何ともない。

「……じゃあどうして、あの方に『お兄様』なんて呼ばせてるんです？」

こめかみを押さえながら、弘瑜はようやく、混乱する話の筋道を掴《つか》むための問いを思いついた。赤の他人と言うのなら、彼女にそんなことを強制する権利はないはずだ。ましてや……天黎が彼女に『赤の他人』に対して抱《いだ》くべき気持ちを持っているのなら、なおさらそんなことをするべきではなかった。

よもやおかしな趣味でもないだろうに、と胡乱《うろん》な目を向ける弘瑜の内心を察したかどうか、天黎は苦々しく彼を睨み返す。が、その問いに対してはそれなりに思うところがあるらしい。はじめて、少したじろいだ様子を見せたかと思うと、やがてため息をついて、それは、と答えた。

「……仕方ないだろ。そうでもしないと、逃げられる。というか、逃げられた。昔——俺が、国主の子だとばれた瞬間に」

口惜《くちお》しそうな気配の滲《にじ》む呟きに、ああ、と弘瑜《こうゆ》は何となく状況を察することができた。あの娘なら、そういうことはあるかもしれない。

血が繋がっていないのだから当然とも言えるが、弘瑜の目には、あの『妹』の性格は、『兄』とはまったく対照的に見える。礼儀正しく控《ひか》えめで、他人に気を遣いすぎる。あんなやり方で、無理矢理この屋敷に連れてこられたのに、沈んだ様子は見せても、理不尽だと責める言葉はついぞ聞かない。天黎《てんれい》が彼女に会おうとしない件にしても、それを伝える弘瑜に苛立《いらだ》ちをぶつけるでもなく、むしろ手間をかけて申し訳ないとでも言いたげな顔をしている。育ちがいいと言えばそうかもしれないが……後宮がどんなところかは知らない弘瑜だが、あんな押しの弱さで、女の園を渡っていけるのだろうかと心配になるような人なのだ。

そんな彼女が、何ら心の準備もなく、天黎に遭遇《そうぐう》したらどうなるか。生まれたときから他人を傅《かしず》かせ、欲しいものは手に入れるまで諦《あきら》めず、そのために手段を問わない国主の息子など、彼女にはほとんど天敵のようなものだろう。全力で逃げても不思議はない。

「それで……『お兄様』ですか」

「とりあえず、兄だと言ったら逃げなくなったし……。それに、まったくの嘘ってわけでもない。『兄』なら『妹』の様子を気にかけたって不自然なことはないから、いろいろ都合もよかった。戦術的には有益だったと」

「戦略的には、初手《しょて》からこれ以上ない失策です。何考えてるんですか！」

「いい考えだと思ったんだ」

「そのときには、ですね！」

何が都合がいいものか、と弘瑜は呆れざるを得ない。目先の都合とやらに釣られたとしても、よりにもよってそんな立場を掴むことはあるまいに。『兄』だなんて――好きな娘を手に入れるには、最も都合の悪い立場を。

弘瑜の声に滲むものに気付いたのか、天黎はむっとした顔で、座ったまま彼を見上げる。

「どうしようもなかったんだ。あの頃、他に何ができたと思う？　偉そうに言うなら、おまえがやってみろ」

「私がやってみてもいいんですか？」

「斬る」

「素早いお答えありがとうございます。もうちょっとくらい悩んでください」

「誰だろうと同じことだ。絶対に後悔させてやる。――まったく、結婚だって？」

口にするのも汚らわしいと言わんばかりに、天黎は忌々《いまいま》しそうに舌打ちする。先日来、その二文字はひたすら彼の機嫌を低迷させているのだが、弘瑜はようやくその理由を正しく理解できたと思った。今までは単純に、溺愛《できあい》している妹にあからさまな政略結婚話が持ち込まれたということに、腹を立てているのだと思っていたのだ。

妹の幸せを思うなら、そんな結婚など到底甘受《かんじゅ》できないと怒るのは解《わか》る。天黎《てんれい》が妹を並々ならぬ思い入れで大事にしているのは知っていたから、縁談を阻止《そし》するために後宮から連れ出して屋敷に匿《かくま》うという行動も、理由としては理解できなくはなかった。理解できなかったのは、その守ろうとした淑蓉《しゅくよう》に対してさえも、憤《いきどお》っているらしいことだ。人格的に決して問題がないとは言えない主だが、それでも意味なく他人を傷つけるようなことをする人ではないのに。

だが、あれは決して八つ当たりではなかったのだろう。彼の淑蓉への心遣いは、決して無条件ではなかった——長く嘘を重ねて、持てる全てを捧げてでも、彼女から得たいものがあったのだ。

「大体、おかしいじゃないか」

いろいろと腑《ふ》に落ちている弘瑜《こうゆ》の前で、天黎はなおも不満そうに呟いている。

「何が結婚だ。しかも、押し付けられて困ってる、ならまだしも……『私が決めたんです』ってどういうことなんだ。どうしてそんな簡単に」

「ああ……でもそれは、淑蓉様の好意からってことじゃないって解ったんだから、よかったじゃないですか」

好意どころか、淑蓉は縁談相手に会ったことすらなかったらしい。つまり相手の男は、天黎の警戒線を突破して淑蓉の心を得たわけではなく、これは完全に別の何者かの意図があっての縁談なのだ。その意図がいいものかどうかはまた別の問題だが、とりあえず天黎の心境には朗《ろう》報《ほう》だろう。前に淑蓉から聞き出したことを思い出して、弘瑜はそう言ったが、しかし天黎はまだ機嫌が悪い。

「──八年だぞ」

「はい？」

「八年も、一緒にいるんだ。ずっと見てきたのに……なのに、見も知らぬ男と、そんなに簡単に結婚できるものなのか？　そんなに簡単なら……俺だって良かったはずじゃないか」

「あー……」

「むしろ俺にしておくべきだろう。なのに淑蓉は、そんな素振り見せたこともない。俺には我《わが》儘《まま》一つ言ってこないし、いつまで経っても変に遠慮ばかりして──肝心《かんじん》なときに、頼りもしない」

つまり、『特別な相手』としては欠片《かけら》も意識されていないということか。しかしその件で、淑蓉を責めるのは酷《こく》というものだ。弘瑜は苛立っているような、その実落ち込んでいるような主に向かって、諭《さと》すように言った。

「だから、失策だったと申し上げたんです。あなたが、淑蓉様に対して『兄』なんて位置を取るからですよ。そんなことをしたら、絶対に『特別』だなんて思ってもらえるわけないじゃないですか」

「…………」

「大体、兄なんて、使われることはあっても感謝なんてされないものなんですから。私にも妹がいますけど、小遣いを寄越せだとか都で流行《はや》りの反物《たんもの》が欲しいだとか……とにかく、兄というのはそういうものなんです。当たり前であって、特別なものじゃないんですよ」

「……淑蓉《しゅくよう》も、そのくらい言ってくれればいいのに」

「待ってください、これそういう話じゃないですから。というか、羨《うらや》ましい要素なんかありますかこの話に！」

「淑蓉は、俺にそんなこと言ったことない」

「それは……」

そうだろう、本当の兄妹ではないのだから……と言いかけて、弘瑜《こうゆ》はそこでふと気付いた。天黎《てんれい》の『兄』らしさが、嘘に嘘を重ねたものであることはとうに知っているが、一方で、対する淑蓉の態度は、真実『妹』らしいものと言えるだろうか。兄に従順な、心優しい『妹』。手酷《てひど》い形で裏切られても、悲しみはしても恨《うら》み事は言わない。今でも彼の身を気にかけて――慕っている。

――御身お大事になさってくださいますよう、申し上げてください。

思えば彼女が、弘瑜と顔を合わせて天黎の話をしなかったことはない。単に共通の話題と言えばそうかもしれないが、それにしても執拗《しつよう》ではある。彼がどこで何をしているのか、どうしてこんなことをするのか――何か大変なことがあるのではないか、元気にしているのか、無理はしていないだろうか……。

もちろん、彼女自身の性格もあるだろう。だが果たして、これが普通の『妹』の態度だろうか。──『兄妹』としては奇妙で歪《いびつ》なこの関係は、本当に天黎だけが原因なのだろうか。

このことは、よく考えてみる必要がありそうだ。しかしそれはそれとして、まずはこのどうしようもない主の性根から何とかしなくては、事態は一向に前に進まないだろう。弘瑜は少し間を置いて、とにかく、と話を続けた。

「いずれにせよ、これであなたの策は破れてしまったわけですね。ご自分でなさったことですから、後悔はないでしょうが……これまで騙《だま》してきた分、淑蓉様には責任を取るべきですよ」

「…………」

「……いい機会じゃないですか。そんなに猫ばかり被ってるから、おかしなことになるんですよ」

むしろ、よくこんな嘘を八年も続けてきたものだ。優しく寛大《かんだい》な兄など、柄《がら》にもないどころか、天黎の本質にかすりもしない性《さが》ではないか。彼自身も、ときどき息苦しくなったりしたのではないか。

「別に、猫なんか被ってない。逃げられないように工夫してたら、自然とああなったんだ。無理してやってるわけじゃない」

「それが、淑蓉様の縁談を聞いた途端《とたん》に力ずくで引っさらって屋敷に閉じ込めた人の仰《おっしゃ》ることですか。そういうのを、猫被ってるって言うんです。どうしてそう、変なところで見栄っ張りなんですか」

「見栄？」

「実際以上に自分をよく見せようとするのは、どんな形であれ見栄ですよ」

実際のところ、一般的な意味においては、この主に見栄を張りたがるような気質はほとんどない。衣裳《いしょう》や装飾にこだわることもなければ、身分や地位を示すことに興味もないようだった。大身の中には、国主に許された随身《ずいじん》をこれ見よがしに引きつれて歩く者も多いが、天黎《てんれい》は邪魔だと言って、連れて歩くのは専《もっぱ》ら侍臣《じしん》である弘瑜《こうゆ》だけだ。それはそれで警護の観点からは問題なのだが、ともあれ天黎がその類の見栄とは無縁なのは確かである。

彼が張りたがる見栄は、世人《せじん》に対するものではないのだ。誰にどう思われても知ったことではない――けれど、特別に近しい人は別。

「……でも、そんな風にいい恰好《かっこう》ばかりして好かれても、嬉しくはないでしょう」

「俺は別に構わないが」

「淑蓉《しゅくよう》様は構うと思いますよ！　ああ、もういいですから、とにかくあの方に会って差し上げてください。あなたのどんな嘘よりも、その方がずっと――あの方は喜んでくださると思います」

じっと相手の目を見つめて、弘瑜は言った。ここへ来たときには、淑蓉のいたいけな様子が気の毒でならず、どうにかして主の非道を正してくれようとばかり思っていたのだが、今はどちらかというと、この主のためにそう言ってやりたかった。どうしたって、いつかは再び顔を合わせなければならないのだ。このまま長く彼女を苦しめているのは、天黎にとっても望むところではないだろう。

一瞬、視線が合った後、先に逸《そ》らしたのは主の方だ。しばらく黙りこくっていた天黎は、単に苦い顔と言うにはもっと呪《のろ》わしげな表情をしていたが、やがて不本意そうにため息をつく。

弘瑜はほっと胸を撫《な》で下《お》ろした。不本意なため息――不本意ながらも、彼の諫言《かんげん》を受け入れるという証《あかし》。

「……おまえが言うほど、見栄なんか張ってるつもりもない。でも……まったくそうしないというのも、それはそれで礼を失した話じゃないか？」

「……と仰いますと」

「いやしくも、他人の歓心を買おうというからには、最大の努力をもって行うべきだろう。持てる力の全てを傾けて、望む印象を与えるようにするべきだ。敵でも味方でもそれ以外でも、女性だって同じだ」

「それは……そうかもしれませんが」

また何やら言い出した。弘瑜は眉を顰《ひそ》める。この突飛な屁理屈《へりくつ》にどう言い返すべきか思案していたのだが、しかし相手は別の捉え方をしたようだ。何か思い当たったように、ああ、と呟く。

「そんなこと、したことないのか。縁がないんだな」

「……何ですかその『可哀想に』みたいな目は。言っておきますが、今現在、あなたも相当残念なんですよ！」

いわれのない哀れみに、思わず声を上げてしまう。……まあ確かに、女性と近しくお付き合いするような状況にないのは確かだが、それを今、この主に指摘されるのは理不尽極まりない。どちらかと言えば、相手を可哀想に思う資格は、弘瑜《こうゆ》にこそあるはずだ。

大体、どういう意味で『最大の努力』などと言っているのか。彼の告白に従えば、その努力とやらは、好きな相手を長期に亘《わた》って騙し続け彼女の信頼を勝ち得る一方で、彼女に関わる多くの人間を人知れず排除するという、執念深く悪意溢れる行動になるわけだが……と考えたところで、弘瑜の脳裏にふと嫌な可能性が閃《ひらめ》いた。さすがにそんなことはしていないと思うが……。

「天黎《てんれい》様。まさかとは思いますが……男ならともかく、淑蓉《しゅくよう》様に近付く女性まで、見境なく追い払ったりしてないでしょうね……？」

後宮における淑蓉の状況をつぶさに知るわけではないが、それでもあの娘が随分と頼りない立場にいるのだということは何となく察せられた。権勢を誇る国主の寵妃《ちょうひ》の後ろ盾《だて》はあっても、逆にそれがあるからこそ、他と交わることができない。この数日、弘瑜はたびたび彼女と世間話をしたが、その中に後宮での親しい人間の名前は一度も出てこなかった。

淑蓉が、母親の威を笠に着るような性質であったならそれも解らないでもないが、実際にはそうではない。多少大人しくて引っ込み思案なところはあっても、とりわけ他人に憎まれるような性格でもない。普通に考えれば、友人くらいはできていいはずで、そうでないのは不自然だ——何かの干渉《かんしょう》を疑わせるくらいには。

問われた天黎は、あからさまに顔をしかめた。いわれのない非難だと言いたげな表情で、きっぱりと答える。

「それで、何が悪いんだ」

「ってやったんですか！　ちょっと待ってください、いくら何でもそれは可哀想——」

「可哀想なものか。淑蓉に変な手出しをする方が悪い」

「手出し……ですか？」

「変な欲に駆られた奴だけが、猫撫《ねこな》で声《ごえ》で寄ってくるんだ。見れば解る。……淑蓉は『白琅公《はくろう》主』だ。そういう意味で、俺たちと同じだ」

俺たち——つまり、国主の一族ということ。想像していたのとは少し違う答えに、弘瑜は密かに威儀《いぎ》を正した。彼としては、またぞろ天黎が危うい独占欲から、淑蓉の友人さえも追い払ってしまったのではないかと心配していたのだが、どうもそういうことではないらしい。

「国主の寵妃の娘だ、懐《なつ》かせればいろいろ使えると思うんだろう。俺が後宮にいる間は、面倒なことになる前に片付けられたんだが」

一旦外に出されてしまえば、たとえそこで生まれ育った者でも、おいそれとは近付けなくなるのが後宮というところだ。国主ただ一人に仕える女たちの世界、男の身ではせいぜい監視の下《もと》に招かれる『客』となるのが精一杯で、内情など到底干渉できたものではない。

「——つまり、今回のようなことになる前に、ですか」

だが、一度その内側と通じる手蔓《てづる》を持てば、これ以上ない隠れ蓑《かくれみの》ともなり得る。現状、彼らが扱っている問題のことを思い出し、弘瑜《こうゆ》は呟く。

淑蓉《しゅくよう》を攫ってこの屋敷に留め置いているのは、半ば以上主の私情ではあるが、同時にやむにやまれぬ対処でもある。あのまま後宮に置いておけば、彼女の存在は事態をいよいよ混迷させるに違いなかったからだ。彼女の身に降って湧《わ》いた縁談は、決して彼女一人を破滅させるに留まらない。後宮の権力者の娘は価値ある人質であり、謀《はかりごと》を隠蔽《いんぺい》する盾でもある。

「張延秀《ちょうえんしゅう》については、どうなった？ 調べはついたのか」

「報告が来ています。徽山《きさん》郡出身、父親は光禄寺卿張子順《こうろくじけいちょうしじゅん》、二年前から曲沙《きょくさ》府へ任官しています」

「曲沙か。ならさしずめ、そいつも『白票《はくひょう》』を受け取ったんだろうな」

「その点は確かですね。証拠もありますし、彼一人を罪に問うだけなら、今の段階でも十分可能です。ですが……」

「そうだ――その上を捕らえられなければ意味がない」

主の言の意味は、弘瑜にもよく解っている。たかが一官吏の力で、『白票』など成立するわけがないのだ。

淑蓉に課せられそうになった縁談も、この企みを隠すためのものだろう。俗に『白票』と呼ばれるこの不正は、売官《ばいかん》や収賄《しゅうわい》の一種であるが、単純な賄賂《わいろ》よりも明確な計画性、組織性を持つため更に性質《たち》が悪い。病気や死、あるいは他の理由で職を辞した官吏の名を報告せず、中央の名簿に残しておく。そうしておけば、この名宛てに送られてくる官吏の給金を受け取れるのだ。早急にまとまった金が欲しい者が、この名義を他人に売ったり、またそれを欲しがる者が、名義の持ち主に阿《おもね》って賄賂を贈ったり、二重三重の不正を引き起こすことにもなる。存在しない人間の名札という意味で『白票』というのだ。

この不正の根は深い。一つの役府全体、ことによると宮城の中にまで協力者がいなければ、こんなことは起こらない。宮城の中、それもかなりの高位の者――監査の目をかいくぐり、あるいは報告を握《にぎ》り潰《つぶ》せるほどの。

それが誰なのか、既に当たりはついている。というよりも、それが先にあったからこそ、この件に彼らが関わることになったのだ。思い出して、弘瑜は顔をしかめた。今更言っても仕方がないが……。

「さて、どうするかな」

彼の内心など知らぬげに、天黎《てんれい》は気楽にそう呟く。

「そろそろ向こうも、俺が知っていることに気付いているはずだ。もう少し揺さぶってみるか。できれば、俺も仲間に誘ってくれると嬉しいんだけどな……それとも刺客《しかく》かな。そっちも面白そうだが」

「止めてくださいよ！」

だから嫌だったのだ。ぎょっとして声を上げた弘瑜《こうゆ》は、思わず主を睨みつける。いずれ、こういうことを言い出しかねないと思ってはいたのだ。

「お願いですから、危ないことをなさるのは止めてください。本当に、ただじゃ済まないかもしれないんですよ」

「ああ、おまえを巻き込むつもりはないとも。守ってやるから心配するなよ」

「そういうことを申し上げているんじゃありません！　そんなことになるくらいなら……淑蓉《しゅくよう》様に、形の上だけでも見合いをしていただいた方がましです」

「却下《きゃっか》だ」

「同感です。ですがそれと同じくらい、御身を危険に晒《さら》すことはあってはならないことです。大体こういうことは、本来あなたの仕事じゃないはずですよ」

『白票』の横行も官吏の腐敗も、確かに宮廷にとって重大な問題ではあるが、それを解決するのは通常、刑部《けいぶ》だとか御史台《ぎょしだい》だとか刺史《しし》だとかの管轄《かんかつ》である。役職上の責任から言えば、綬連《じゅれん》太守にして門下侍中《もんかじちゅう》たる天黎が危険を冒《おか》す道理はないのだ。

「でも、これは俺の……うちの仕事だろう？　あの人の言うことが正しければ」

しかし天黎に平然とそう言われれば、返す言葉はない。弘瑜は苛立たしくため息をついて、渋々頷くしかなかった。そう、この件だけは特別なのだ。あの方の言うことが正しければ、確かにこうするより他ないのだろう。弘瑜にもよく解っている、今更言っても仕方がない。だが……。

「……何だ、随分不満そうだな」

一応は肯定の意を示した弘瑜の、しかしそれに相反する表情に気付いたのか、天黎は揶揄《やゆ》するようにそう言って彼を見上げた。

「宮廷に正義をもたらすのは、国主の臣として当然のことだろう。名誉に感激しないか」

「何でそう心にもないことを真顔で仰るんですか。感激なんかしませんよ、あなたがまずいことをしやしないか、それだけが――」

「『棕河《そうが》の民と地のために、一命をもって国主陛下の君命に伏すことは無上の幸福とするところです』とか殊勝なことを言ってたじゃないか」

「！　今言いますかそれを！」

久しく思い出すことのなかった、記憶の底に眠る紋切り型の口上は、六科選《ろっかせん》の受験者が最終的に国主に対面するときの決まり文句だ。実際には国主とだけでなく、他にも国主に選ばれた者が何人か列席する、つまりは六科選の最終試験なのだが、弘瑜《こうゆ》がそれに臨《のぞ》んだときには、そうした堂々たる年配の重鎮《じゅうちん》の中に、場違いに思えるほど年若い少年が混ざっていた。自分と同じくらいの歳に見えるのに、さも当然とばかりにその場に居座って臆面《おくめん》もなくこちらを観察してきた彼に、当時は不審しか抱《いだ》かなかったが……その相手にこうして仕えることになるとは、何がどうなるか解らないものだ。

あのときは、確かにそう覚悟していた。他に道はないと思い込んでいた。しかし、彼の誓約《せいやく》は受け取られなかった。供物としては不適なのだ——これまでの人生のあらゆる場面と同じように。

受け取ってくれたのは、ただ一人だけだ。

「昔のことは昔のことです。宮廷のことを心配するのは、他の人間の仕事でしょう。私の仕事は、あなたの心配をすることだけです」

「その『宮廷の心配をするのが仕事』の奴らが、俺を顎《あご》で使うんだからしょうがないだろう」

「解っています。どうぞお好きになさってください。でも、私も好きにしますよ——あなたに危険が及びそうなことなら、真剣に止めますけどそれも私の勝手ですよね」

そう言って口を引き結んだ弘瑜を、天黎《てんれい》は机案からじっと見上げる。しばらく彼の内心を推《お》し量るように黙って見つめていたが、やがて微《かす》かに笑みを浮かべる。

「解ってる、それでいい。好きに文句言っていいぞ——おまえが何のために言うかくらいは、ちゃんと解ってる」

「それじゃ、どこから揺さぶってみようか。とりあえず、いきなり刺客送られたりしなそうなところからか……曲沙牧《きょくさぼく》辺りから攻めたいが、湲《えん》洲にいないいんじゃどうしようもない……」

「………」

筆を取り上げて、紙に何やら書き付けながら、天黎は計画立案を再開した。まどろっこしいのは面倒だな、などと呟いているところを見ると、あまり反省した様子でもないが、とりあえず予測される危険に敢えて首を突っ込もうという計画は排除してくれるつもりになったらしい。密かに胸を撫で下ろした弘瑜だが、どう思う、と天黎に声を掛けられて、ようやく自分の目的を思い出した。そもそもここへ来たときの、本来の目的は。

「その件も大事ですが、熟慮《じゅくりょ》が必要でしょう。それより先に、すぐできる仕事からなさってくださった方が、効率的に賢明かと思いますが」

「すぐできる？」

「淑蓉《しゅくよう》様にお会いになってください」

天黎は目を逸らすと、わざとらしくため息をつく。いかにも気が進まないという意思表示に、しかし弘瑜も、今回ばかりはそれを察して引いてやるつもりもない。いくら病気の子供が泣いて嫌がっても、薬を飲ませなければその子のためにならないのと同じだ。……子供のお守りかと思うと少し情けなくなるが、実際そういう話なので仕方がない——悪いことをしてしまった相手に気まずくて、顔を合わせ辛いというのは。

「いろいろ仰る必要はないですけど、乱暴に扱ったことだけは謝るべきです。そのくらいなら簡単でしょう、たいした仕事じゃありません」

「……後で行く」

「天黎様《てんれい》！」

「後で行くって言ってる。それより、先にこっちだ」

まあ、このくらいは折れてやってもいいだろうか。とにかく『行く』という言質《げんち》は取ったのだ。子供の言い訳のようではあるが、それでも一度約したことを違《たが》えるような主でないことは知っている。

これなら明日の朝は、これまでよりましな気分で淑蓉《しゅくよう》と顔を合わせられるだろう。ここ数日、圧《の》し掛かっていた罪悪感の重みが解消される予感に、弘瑜《こうゆ》は密かに胸を撫で下ろした。

＊　＊　＊

黄昏《たそがれ》時、庭園に吹く風は急に冷たくなってくる。一人、屋外に出された椅子に腰かけて、ぼんやりと緑を眺めていた淑蓉は、頬を撫でていった微風に思わず身を竦《すく》ませて我に返った。建物の屋根に区切られた空は、西の端から次第に橙《だいだい》に染まりかけている。

与えられた部屋にいても落ち着かず、箏《そう》を奏でても余計に気鬱《きうつ》になるだけだった。いつか母が言ったように、彼女の演奏に宿る特殊な効果が、自分にさえ影響を及ぼしたのかもしれない。うんざりして出てきた静かな庭園こそ、一番に彼女の心を慰《なぐさ》めてくれたのだが、それもそろそろ潮時のようだ。

傍《かたわ》らの卓に手をついて、立ち上がる。しかし一瞬だけ感じた痛みに、淑蓉は視線を落とした。

苦痛というほどではない、鈍《にぶ》い……何度も触れて、確かめたくなるような痛み。

そっと左の袖を上げてみる。手当てをしてもらったおかげか、そこにあったはずの痣は既にほとんど治りかけている。痕が残る気配などまったくなく、今では目を凝らさなければ見えないほどだが、しかし淑蓉にはそれが妙に残念でならない。この痣は、彼が最後に彼女に残していったものだからだ。あれきり、姿を見ることさえ叶わない、あの人の。

どうして、と淑蓉は心で呟く。どうして、彼はあんなに怒っていたのだろう。あんなに彼を怒らせるような、一体何を仕出かしただろう。どうして、ずっと会ってもくれないのだろう。

どうして——嫌われてしまったのだろう。

どれも答えが解らない。何度考えても、同じ問いが繰り返されるばかりで、深く暗い底なしの穴を覗《のぞ》き込んでいるような気分になる。淑蓉は頭を振って、無益な想念を追い出そうとした。こんなことばかり考えていても仕方がない、とりあえず建物の中に戻らなくては。

しかし、そう思い決めて庭園を後にしかけた足が止まる。周囲を巡る回廊のところに、誰かが立っている。背の高い影。落日でどんどん薄暗くなっていく光の加減と、彼の漆黒《しっこく》の髪のせいか、その姿は本当に影のようにひっそりとその場に立っていた。

いや、夢のようにと言うべきかもしれない。心臓が一際《ひときわ》大きく跳ね上がって、淑蓉《しゅくよう》はその場に固まった。ずっと会いたいと思っていた、姿だけでも見たいと願って——けれど本当にそうなってみると、どうしていいか解らない。

「——淑蓉」

名を呼ぶ声が、ひどく懐かしい。息を詰まらせる衝動が、胸に込み上げてくる。喉をも塞《ふさ》ぎそうになるそれを押し殺し、淑蓉は何とか声を出す。

「……お兄様」

影が庭園へ下りてくる。その颯爽《さっそう》とした足取りは、紛《まぎ》れもなく彼女の知る彼のものだ。記憶に導かれるままに、彼に向かって駆け出してしまいたくなる。ごめんなさいと謝ったら、許してくれるだろうか。置いていかないでと懇願《こんがん》したら、また前のように側に寄せてくれるだろうか。もし……もし、大好きだと言ったなら——。

しかし、結局彼女の足がその一歩を踏み出すことはできなかった。淑蓉が混乱して立ち竦んでいる間に、天黎《てんれい》の方がさっさと彼女の前へ進んできたのだ。怒っているようではない、だが再会を喜んでいるようでもない表情——が、その視線がちらりと何かを捉えた瞬間、端整な顔がわずかに歪む。

「それは……」

「はい？」

「その……まだ、痛むのか」

言われて、淑蓉はようやく彼の視線が捉えたものに気付いた。未だまくり上げられたままの左袖の下の、ほとんど消えかけた痣。とっさに、淑蓉は袖を引き下ろす。剥《む》き出しの腕を隠すと、慌てて首を横に振る。

「いいえ！　大丈夫です痛くないです何でもないです本当に……」

懸命に言ったが、しかし相手は納得しなかったらしい。不意にその手が伸びてきて、彼女の左腕を取る。掴むというよりは支えるという方が正しい、繊細なものに注意深く触れるような仕草。

だがそれは、感じたことのないような刺激にも思われる。熱いものに触れたときのように、淑蓉は反射的に身が竦むのを感じた。心臓の鼓動で全身に運ばれる震えは、あの夜のものと同じだ——怖いのに近付きたい。触れたいのに恐ろしい。どうしたらいいか解らない……。

「あ……！」

自分でも予測できない行動に、思わず声が漏《も》れる。彼の手を振り払って、左腕を取り戻した淑蓉は、しかし次の瞬間、己のしたことに気付いて愕然《がくぜん》とする。違う、そうではない、そんなつもりではなくて——。

「………」

手を振り払われた天黎《てんれい》も、同じく驚いた様子ではあったが、それは彼女のものとは少し違うもののようだった。はっとしたような表情はすぐに消え、暗い瞳が淑蓉《しゅくよう》と払い除《の》けられた手を一瞥《いちべつ》する。考えを推し量ることのできない、完璧な無表情――それを沈鬱《ちんうつ》なものに感じるのは、彼女の罪悪感のせいか。

「……淑蓉」

「ごめんなさい！」

矢も盾もたまらず、淑蓉は頭を下げた。この重苦しい雰囲気には、耐えられそうもない。彼に責められるのも、苦々しく思われるのも辛すぎる。

「ごめんなさい。あの、でも、本当に何でもないんです。本当に――何も」

奇妙なことだ、と頭の隅でぼんやりと思う。さっきまでは、あれほどに消えるのを惜しんでいた痣が、今はたまらなく不都合なものに感じられる。とにもかくにも、これは証なのだ。あの夜が確かにあったこと、そしてあの夜から、何もかもが変わってしまったことの。

けれど、何が変わってしまったのか解らない。解らないから恐ろしい。今更なかったことにはできないと知りつつも、それでも必死に痣を隠そうとする淑蓉に、天黎はもう何も言わなかった。ただ黙って、彼女から目を逸らしただけだ――言いかけた言葉を呑《の》み込むように。

しばらく、二人の間に奇妙な沈黙が続く。こんなことはついぞ経験したことがなくて、淑蓉は居心地の悪さにそわそわしてしまう。彼と二人でいるときに、こんな思いをする日が来るとは思わなかった。まとまらない考えを必死にかき集め、弾み っ放しの心臓を宥《なだ》めながら、淑蓉は何とか話の接《つ》ぎ穂《ほ》を探す。

「あの……お兄様。私に何かご用があっていらしたのではないのですか？」

「……用？」

恐る恐る切り出すと、ようやく天黎の視線がこちらを向いた。しかしすぐに目を伏せて、一つため息をつくと、淡々とした口調で答える。

「どちらかと言えば、君が俺に用があるんだと思っていた。弘《こう》に、そう言ったんじゃないのか」

「あ……」

そうだった。ずっと彼に会いたいと言っていたのは、他ならぬ自分なのだ。やはり弘瑜《ゆ》はきちんと彼女の言を伝えてくれていたのだと思うと嬉しかったが、けれどこんなに突然にそれが叶うなんて思わなかった。

言いたいことも、聞きたいこともたくさんある。けれどこうして相対すれば、そんなこともかき消されていく。ごちゃごちゃとした心の中に、残る思いは一つだけ。

――ただ、お会いしたかっただけなんです……。

とっさに口から零《こぼ》れそうになる言葉を、しかし淑蓉はすんでのところで押し殺す。そんなことのために足を運ばされたと思ったら、きっと天黎《てんれい》はいい気がしないだろう。何かもっと、ましなことを言わなければならない。感情的でなく、彼女が訊《き》きたがって当然のことを訊くべきだ。彼に軽蔑《けいべつ》されないように。

「えっと……。……そう、私の約束はどうなったんでしょうか?」

「約束?」

「あの……その、ここへ来た次の日にお会いするはずだった方との約束を、すっぽかしてしまったので……」

彼女に持ち込まれた縁談、それも国后から直々に賜《たまわ》った重大な場に、無断で欠席してしまった。ここへ連れてこられた最初の日、心配することはないと請《う》け合《あ》ってくれた弘瑜《こうゆ》の言葉を信じてこれまで過ごしてきたが、実際にどういうことになっているのか知りたかった。母はどうしているだろうか。それに……縁談はどうなってしまったのか。

しかし次の瞬間、向けられた眼差しの激しさに、淑蓉《しゅくよう》は思わず息を呑む。天黎の表情は依然として読み難いものだったが、その瞳は明らかに先刻までとは違う。闇色の瞳を輝かせるのは、強烈な怒りの光だ。

この光には覚えがある。彼女の胸を刺し貫いて、何もかもを奪い取る——あの夜と同じ。

「それが、俺に訊きたいことなのか……君が、何よりも真っ先に知りたいのは」

低い声音が、怒りの気配に掠れて揺れる。淑蓉は再び、あの夜と同じことを覚悟した。また、彼を怒らせてしまったのだ。

だが、知らず身構えていた淑蓉の予想は外れる。今度は、天黎は彼女に触れもしなかった。

忌々《いまいま》しげに舌打ちをして、いいだろう、と呟く。

「君がそれを訊くのなら、もういい。教えてやる——何もかも」

「お兄様」

「端的に言えば、君の縁談は破談だ。君があの張何某《ちょうなにがし》に嫁《とつ》ぐことなど、未来永劫《えいごう》ない」

その言葉を聞いたとき、淑蓉は自分がどう感じるべきなのかよく解らなかった。普通に考えれば、破談は決してめでたいことではない。何の取り柄もなく、宮女としてもろくに仕事もできない彼女の履歴に、嫁にもいけないという汚点が更に追加されたということでもある。しかし何より問題なのは、これで国后との会話は実現されなくなったことだ。母の宮廷での立場がどうなるか——少なくとも、淑蓉にできることは何一つなくなった。

だから本当は、悲しむべきなのだろう。もっと焦《あせ》って、真剣にこの機会を取り戻そうと考えるべきなのだ。しかし今、淑蓉の胸にあるのは、そうした『義務』とはまったく逆の感情だった。心の奥深くから、ほっと息が零れる。縁談は、白紙になった——結婚しなくてもいいのだ。見知らぬ人と、好きでもない人と——『彼』ではない誰かと。

「君の母上は、表向きは君の不在を病気ということで誤魔化《ごまか》しているみたいだ。うまくやっているようだから、まだ後宮で騒ぎになってはいない。……まあ、一方で君を返せとうるさく言ってきたりもして、迷惑な話だが」

「母が、ですか？」

ということは、母は彼女がこうして無事でいるのを知っているということだ。その点にだけは、淑蓉《しゅくよう》は心から安堵《あんど》した。それでは、必要以上に心配をかけてはいないだろう。

だが、いかにも不快そうに付け加えられた天黎《てんれい》の言葉は無視できない。彼に不興がられていると思うと、それだけで心臓の辺りがぎゅっと引きつる心地がする。

「す、すみません。母も、ご迷惑をおかけするつもりはないと思うんです。私が帰れば……」

「君を帰すつもりはない」

おずおずと言いかけた言葉は、しかし無残なほどにきっぱりと否定される。淑蓉は当惑しきって彼を見返す。

「……どうしてですか？」

「それを、君に言う必要もない。君はただ黙って、ここにいればいい。せいぜい、俺の邪魔はしてくれるな」

「邪魔なんて……」

「しているさ。君は気付きもしていないようだが」

冷たい声が、打ち据える響きで耳朶《じだ》を打つ。天黎は苛立たしげに、深くため息をついた。

「……いつもそうだ、君は何も解っていない。騙されるばかりで、他人の思惑なんか考えもしない。そんなに、誰にでもいい顔をしたいのか。よくも俺の前で——そんな縁談の話なんかできるな」

「そんなこと……」

「あるとも。そうでなければ、何故こんな縁談を受けようと思った？　——そうすれば、宮廷内の派閥《はばつ》から母上を守れるとでも言われた？」

「！」

これまでとは違う衝撃に襲われて、淑蓉は竦み上がった。冷徹な眼差しが、何もかも見透かすように彼女を貫く。どうして彼がそんなことまで知っているのか。

「お兄様」

「そんな風に呼ぶな」

しかし、尋ねかける声は、思いがけない言葉で撥《は》ねつけられる。凍《い》てつくように冷たい声音で、彼は言った。それ以上の追及を許さない、断固とした拒絶。

「もう、俺をそんな風に呼ぶな。——本当は、君を妹だと思ったことなんか、ただの一度もないんだから」

「…………」

縋《すが》りつく手さえ伸ばせない。振り払われて、地に踏みにじられる。淑蓉は呆然と、たった今まで『兄』と呼んでいた人を見つめた。彼にこんなことを言われるなんて、到底信じられない。

いつだって、天黎《てんれい》は彼女にそう呼ばせてくれた。血の繋がりなどないのに、面倒をみる義務なんてありはしないのに、それでも彼女のことを気にかけて、大事にしてくれた。彼のような人は、他にはいない。一番に頼りにできる人。一番に彼女のことを解ってくれて、一番に優しくて、一番……。

けれど、それが間違いだったのかもしれない。最初から、そんな風に思うべきではなかったのだ。国主の御子《みこ》、本来なら、こうして言葉を交わすことさえ許されない人——こんな風に切り捨てられても、当たり前なのだ。

黙り込んだ淑蓉《しゅくよう》を見て、彼は微かに笑う。

「ほら、俺がそう思っていることなんて、君は今まで知らなかっただろう。今日まで、ずっと……きっと、これからも」

しかしその笑みはひどく捻《ね》じれて見える。心にもなく歪めた唇からそんな呟きを零すと、天黎は再び息をついて、冷然と告げた。

「必要なものは何でも言うといい。君は好きに過ごせばいい。だが今、君をここから出すつもりはない。少なくとも、俺の仕事が片付くまでは——君の疑問に対する答えは、これで十分だ」

これ以上、答えるつもりもない。厳しい言葉は、彼女の返事さえ必要としないようだった。淑蓉が口を開く前に、天黎は踵《きびす》を返して背を向ける。彼女のことを見もせずに——もう二度と、

振り返ることはないというように。

その後ろ姿を呼び止めたい。手を伸ばして、みっともなく縋りついてしまいたい。けれど淑《しゅく》蓉《よう》は、一歩も動くことができなかった。もう、そんなことは許されていないのだ。

——君を妹だと思ったことなんか、ただの一度もない。

気付けば、夕暮れの残照《ざんしょう》も消え、地には夜の帳《とばり》が下りはじめていた。彼の姿が回廊に消えてしまい、いよいよ冷たくなってきた夜気が全身の温度を奪い尽くしても、淑蓉はなおもその場に立ち尽くしていた。

七章　嘘の本当、本当の嘘

夜も深まり、いつものように屋敷から用人たちが引き上げてしまった後、淑蓉は再び部屋を抜け出した。灯火の明かりが揺れて照らし出す、暗がりの頼りなさは昨日と同じ、しかし彼女の心にはもはや不安はなかった。不安も、恐怖も、どんな感情もない。全てがぼんやりとしていて、まるで夢の中を歩いているようだ。

悪い夢――だが本当は、今までの方がよほど夢だったのだ。

――私が、甘えてただけなんだから……。

ずっと、こんなことはあり得ないと意識していたはずだった。天黎《てんれい》が何の取り柄もない彼女に目を留めて、何くれとなく構ってくれるのも、何かの気紛《きまぐ》れに過ぎないと解《わか》っていた。国主の血を引く『兄』と、何者でもない庶民の『妹』なんて、そんな馬鹿げた話があるはずないではないか。

彼を兄と呼ぶたびに、どこか気後《きおく》れを感じていたのは事実だ。しかし本当にそれを恐れ多いと思っていたのなら、今、こんな衝撃を感じることなどなかったはずだ。

――君を妹だと思ったことなんか、ただの一度もない。

結局、彼女が思い上がっていただけなのだ。兄だなどと呼ぶから、近くにいるつもりになった。たとえ『妹』だとしても、彼の心を手に入れているような気がしていた。……たとえ『特別な相手』にはなれなくても、『兄』と『妹』でいれば──ずっと繋《つな》がっていられると。

淡い夢、最初から起こり得るはずのない幻だ。勝手な夢を現実に見た、愚《おろ》かな過ちは正されなければならない。

闇《やみ》の中、淑蓉《しゅくよう》は足を止めると、壁に嵌《は》めこまれた玻璃《はり》窓を見やった。庭園に面した場所にある玻璃は、景観を楽しめるようもう少し澄んだものが使われているのだが、屋敷のこちら側にある窓の玻璃は、どれも一様に厚く濁《にご》って、辛《かろ》うじて光を透過させるくらいのものである。古い邸宅であれば、外敵の侵入を防ぐために堅牢《けんろう》な壁であるべき部分に穿《うが》たれた窓には、外を見通せる必要はない。

そう、外だ。ここ数日、屋敷内をうろうろしていた淑蓉には、この窓の外がどこなのか解っている。ここは屋敷の東側──大路の側で、その道を渡って更に東へ進むと、朔稜《さくりょう》城へと至るはずだ。来るときは軒車《けんしゃ》で連れてこられたが、それほど時間はかからなかったから車がなくても歩ける距離だ。おそらく半刻もかからないだろう。

脳内に地図を思い描くのは簡単だった。子供の頃から後宮で生活して、ほとんど外へ出る機会のなかった淑蓉だが、城外の地理は頭に入っている。特に、この屋敷の周辺はそうだ。宮殿の書庫にあった都の地図を、何度も何度も見返したから──後宮を出ていった天黎《てんれい》が、どんなところに住んでいるのか知っていたかった。どこにいるか解っていれば、寂しさも少しはましになる。いつか、後宮を出ることになったら……もしかしたら、近くに住むくらいはできるかもしれない。

幼く分別のない夢想、しかし今はそれが役に立ちそうだ。淑蓉は意を決して、玻璃窓に向き直った。傍《かたわ》らに引き寄せたのは、手近にあった小振りな椅子《いす》だ。

――ごめんなさい。

これからしようとしていることに、心の中で詫《わ》びる。この玻璃は、綬連《じゅれん》の人々が懸命に作ったものだ。彼らの太守に捧《ささ》げるために、おそらくは持てる技の全てをつぎ込んで、最高の品を捧げるべく努力したもののはずだ。それを無下《むげ》にするのは心が痛んだが、しかし他に方法はない。

――これ以上、ご迷惑はかけられないもの……。

『妹』でも何でもない、赤の他人。そんな立場でこの屋敷に居続けるのは耐え難かったし、またそれが適切であるとも言い難い。ただの庶民の娘は、親王殿下の屋敷にいるべきではないし、彼が面倒を見る義理もないのだ。

正しい立場を取り戻さなければならない。淑蓉は、後宮へ帰らなければならない。それもまた、完全にふさわしいものであるとは言えないが、しかし今のところ、彼女が『帰る』ところはそこしかない。無能な宮女としても、『なりそこない公主』としても――自分で自分の居場所さえ見つけられない、半端者としても。

椅子を大きく振りかぶる。鈍《にぶ》く、くぐもった音がして、玻璃窓に大きく亀裂が入った。二度、三度と叩《たた》きつけると、やがて割れるというよりは破れるといったような手応えで、玻璃の破片がばらばらと落ちてくる。

事前に思っていたよりは控《ひか》えめな破壊音、だが夜の静寂の中では、きっと遠くまで聞こえてしまっただろう。更に何度か窓枠周りの玻璃を割ってしまってから、淑蓉《しゅくよう》は鋭利な破片に触れないよう慎重に、窓の外へ飛び下りる。

転がり出た暗い大路には、人影がなかった。どこか遠くで、馬車か何かが走り去っていく音が聞こえる。既《すで》に夜もだいぶ更《ふ》けて、人々が出歩く時間ではない。近くに繁華街でもあればもっと賑《にぎ》わっているかもしれないが、この辺りは一帯が、貴人や高位の官吏《かんり》たちの住まいが立ち並ぶ場所である。下世話な騒々《そうぞう》しさとは無縁だ。

淑蓉は天を見上げた。明かりを持たない彼女でも、足下に困らないのは、今夜も煌々《こうこう》と地を照らしてくれている月光のおかげだ。欠けはじめたばかりの月は、しかしまだ十分に明るい。

「今の時間に、月があっちだから……」

足下だけでなく、行き道も教えてくれる。記憶の中の地図に従って、淑蓉は歩き出した。

棕河《そうが》国の首都湲《えん》洲は、黄原に勃興《ぼっこう》する多くの国の都と同じく、大路を格子状に配した、防衛よりも利便性に重きを置いた近代的な都市だ。初代の国主が、北に朔天《さくてん》山脈を背負い水利に恵まれたこの地を都と定めるまでは、大きな街もなく土も良くない、不毛の地だったと聞く。度々氾濫《はんらん》を起こしていた河を治めて自然の要害とし、黄原の諸国に倣《なら》って人工的に形作られた街は、自然にでき上がった町の風情や、外敵の侵略を防げるような複雑さはないが、荷車が行き来したり旅の隊商を受け入れたりするためには、非常に好都合な作りなのだ。

そして今の淑蓉も、その恩恵に預かっている。通りをいくらも行かないうちに、家々の屋根の向こうに、特徴的な影が見えた。辺りの屋敷のものよりも一段高い屋根が、月夜の薄ぼんやりとした夜空の中に黒々と浮かび上がって見える。この屋根の高さを超える建物は、都には存在しない。並みいる貴賓《きひん》の屋敷を圧倒し、従え睥睨《へいげい》するような威容《いよう》——国主の宮殿、朔稜《さくりょう》城。

城の正門は、儀式や特別な客を迎え入れるときにしか開かれない。淑蓉は、官吏たちの通用口となっている西の楼門《ろうもん》へと向かった。城へ通じる門のほとんどは、日没と同時に閉ざされてしまうのだが、仕事を抱《かか》えて残っている官吏のために、ここだけは遅くまで開いているのだ。

もっとも、開いているからといって勝手に誰でも入れるというものではない。門を守る衛士《えじ》が隙《すき》なく立っているのを遠目に見て、淑蓉は足を止めると、その場で考えを巡らせた。何と名乗って入れてもらうべきか。素直に後宮の宮女であると名乗れば、もちろん入れてはくれるだろうが、別の事態を引き起こしかねない——先刻、天黎《てんれい》が言ったことが正しければ、彼女は今頃、病で後宮に引っ込んでいることになっているらしい。衛士が、彼女のことなど知っているとは思えないが、何かのきっかけで嘘《うそ》がばれたら……あまりいいことにはならないだろう。

となれば、別の方便を考えるしかない。中にいる誰かを訪ねてきたと言うのはどうだろうか。仕事を残した官吏が、使いの者を荷物を取りに寄越したと言うのでも……。

「――おい、娘」

不意に背後から声をかけられ、淑蓉《しゅくよう》はほとんど飛び上がりそうになった。いつの間にか背後に、武具に身を固めた男が立っている。少し先に立っている、門の衛兵と同じ姿――どうやら衛士は他にもいて、付近を警邏《けいら》中だったらしい。

「こんなところで、何をしている。恐れ多くも宮城の御門の前だ。濫《みだ》りにうろつくな、さっさと去れ」

「ち、違うんです。私は中に……」

ここで追い払われてはたまらない。淑蓉は焦《あせ》って言いかけたが、しかしそれは余計にまずかったらしい。相手の表情が、不審から警戒に移行する。

「中だと？　門を破るつもりだったのか？」

「違います。ちゃんとお話しして、中に入れていただくつもりで……」

「おまえのような娘が、どういう理由で宮城に入りたいんだ」

「それは……」

とっさに言葉が出てこずに、淑蓉は口ごもってしまう。それを今から考えようと思っていたのに、こんな形で突然声をかけられるとは予想外だった。適当な口実を見つけようとは思っていたが、すぐには何も思いつかない。

そして彼女の動揺は、そのまま相手に伝わってしまったらしい。衛士は厳《いか》めしい顔つきで、いよいよ疑わしそうに淑蓉を睨《にら》む。

「――来い、怪しい奴め」

「本当に違うんです！　私は何も悪いことなんか」

「話は詰所《つめしょ》で聞かせてもらおう、ちゃんと話すと言ったはずだな」

強引に、腕を引かれる。淑蓉は反射的に逃げ出しそうになったが、しかしそんなことをすれば、ますます不審を買うのは目に見えている。緊張に動悸がしてくるのを堪《こら》えつつ、淑蓉は従順に衛士について門へと向かう。

門の前に立っているもう一人の衛士は、淑蓉を捕らえた衛士よりも先任のようだった。門の側で焚《た》かれている篝《かが》火《び》の照らす範囲に現れた部下と、彼に連れられた淑蓉を見て、やはり不審そうに問う。

「どうした？」

「おかしな娘を発見しました。城内に侵入を試みていたようです」

「侵入なんかじゃありません！」

衛士の報告を打ち消すように、淑蓉は声を上げる。こんなところで捕まってしまってはたまらない。

「こちらから、中に入れていただこうと思って来たんです。その……使いを頼まれたので」

先任の衛士は、じろじろと彼女を観察している。非力な少女一人であるから、特別に危険とは思わないが、さりとて手を抜くつもりもないという様子だ。

「使いとは、どなたの命であるか」

「そ、それは……門下省《もんか》の」

とっさに口から滑《すべ》り出そうになったのは、彼女にとって一番馴染《なじ》みのある宮廷の部署——天黎《てんれい》のいるところだ。本来は、国主の勅命《ちょくめい》や律法について審議したり、不備があれば意見を上奏《じょうそう》したりという仕事をするところらしいが、具体的なことについては淑蓉《しゅくよう》もよくは解らない。

「名誉職だよ」と天黎は言っていた。「都合のいい、何でも屋とも言うね」とも。

一瞬、彼の名前を出してしまおうかとも考える。しかし、それでこの衛士たちが信じてくれるだろうか……とまで考えて、淑蓉ははたと恐ろしい可能性に気付いた。もし彼らが彼女の言を確かめるために、天黎の屋敷に確認しようなどと考えたらどうなるだろう。きっと、また連れ戻されてしまう。彼の名前を使っては駄目だ。

不自然に言葉を切った淑蓉を、衛士が睨む。しかし、彼女を上から下まで検査するように見つめたその視線が、ある一点に留まった瞬間、衛士の態度ががらりと変わる。

「！　おい、彼女を離せ」

「何ですって」

「いいから、さっさとしろ！　……失礼致しました。どうぞ、お通りください」

突然のことに驚いたのは、淑蓉だけではない。彼女の背後で、部下の衛士が声を上げる。

「待ってください、どうしてですか？　この娘は……」

「馬鹿者、よく見ろ。この方は『華補《かほ》』をお持ちだ」

声を低めて叱咤《しった》する先任衛士の視線から、淑蓉は彼が何を指して言っているのか理解した。

どうやら彼女の腰帯についている、飾り紐《ひも》のことを言っているらしい。屋敷で与えられた装束《しょうぞく》と一緒についていたもので、恐ろしく凝《こ》った組紐細工で牡丹《ぼたん》が形作られている。優れたものとは思ったが、他の衣裳《いしょう》や屋敷そのものの絢爛《けんらん》さに驚くのに忙しかった淑蓉は、さして気にも留めずに言われるまま身に着けていたのだが……。

「牡丹は王族のものだぞ。この方の主が、手ずから与えられたものだろう。通さぬわけにはいくまい」

彼女を捕らえていた衛士が、顔を強張《こわば》らせて離れていくのを見ながら、淑蓉もまた驚きを顔に出さないように懸命に表情を抑えていた。そんなものとは知らなかった。

だが天黎は、もちろん知っていただろう。知っていて、彼女にくれたはずだ――自らの名と力を示す証《あかし》を、彼女に許してくれていた。

「……ありがとうございます」

だが、それを考えてみるのは後のことだ。せっかくの好機を無駄にはできない。ぐずぐずしていては、この驚きを隠しおおせない。しゃちほこばった衛士二人に見送られながら、淑蓉《しゅくよう》は急いで門をくぐる。

壁の内側の宮殿は、夜の中に沈んでいた。火の使用が制限されている宮城内には、門のところで焚かれていたような篝火はなく、淑蓉は月光を頼りに、建物の間を進んでいった。宮廷の各部署が、それぞれの建物に分散して配置されているはずだが、もちろん後宮の住人である淑蓉は、どこがどういう建物であるかは詳しく知らない。

これからどうするべきだろう、と淑蓉はようやく考える。勢いで、天黎《てんれい》の屋敷を出てきてしまったが、よく考えればこの時間、後宮の門は開いていない。外廷と後宮の間の出入り口は一つで、そこは国主の宮殿内で最も人の出入りに厳格なところである。この時間に、閉ざされた扉を敢《あ》えて開けてもらおうとすれば、ちょっとした騒動になる。

門が再び開けられるには、夜明けを待たなければならない。どこかで夜を越せないかと、淑蓉は思った。凍死するほどではないとはいえ、春の夜気はまだ冷たい。どこか風の当たらない、屋内で朝まで過ごせたら。

そして、彼女が思いつく場所は一つしかなかった。勝手の解らない宮廷で、ただ一つだけの馴染みの場所。

書庫に付属の繙閲所《はんえつしょ》は、夜にも警備の兵は立たない。あるのは写字台と椅子くらいで、人を配して守らなければならない高価なものなど何もないからだ。淑蓉が音もなく通路から中に忍び込んだときにも、見咎《みとが》める者は誰もいなかった。もしかしたら、今夜は遅くまで残っていた者がいるのかもしれない、微《かす》かな墨《すみ》の香りが空気に残っていたが、今はただただがらんとして静かである。

誰もいないと解ってはいても、足音を潜《ひそ》ませるのは、ここへ来るときの癖だ。淑蓉は素早く、滑るように室内を移動すると、一番隅《すみ》の写字台についた。彼女のいつもの席、いつもの場所。

——あの夜、天黎がひどく怒ってここに現れたときも、彼女はこうしてここにいた。

もう、あのときの痕跡《こんせき》はここに残っていない。乱雑に倒されたはずの写字台は、整然と並べられている。淑蓉は膝《ひざ》を抱えて、密かに左腕をさすった。もう、痛くもない——きっと、痣《あざ》も消えてしまった。

「…………」

慣れた場所に落ち着くと、次々といろいろな記憶が思い出されて、彼女の思考を奪っていく。どうしてあのとき天黎があんなに怒っていたのか、淑蓉は未だに理由を知らない。あのときも……そして、今日も。

——俺の邪魔はしてくれるな。

蘇《よみがえ》る冷徹な声の響きが、今も胸に突き刺さる。彼の邪魔をしようと考えたことも、実際にしたつもりも彼女にはない。しかし何の理由もなくて、天黎が怒るはずもない。そのつもりはなかったとしても、気付かないうちにきっと何かを仕出かしたのだろう——知らないうちに、この『華補』を与えられていたのと同じように。

どうして彼がこんなものを彼女に持たせてくれたのか、解らない。どう考えても、この印が彼女にもたらすものは、信頼と庇護《ひご》しかないのだ。彼は自らの名を彼女に託《たく》してくれた。彼女がそれを悪用することはないと信じて、彼女の身を守るために気を遣ってくれているのでなければ、こんなことはしないはずだ。

『兄』ならば、そういうこともするだろう。彼女の知っている天黎《てんれい》ならば——けれど彼は確かに言ったのだ。

——君を妹だと思ったことなんか、ただの一度もない。

あのときの、彼の怒りは本物だった。それははっきりと解るのだけれど、それだけに何が何だか解らない。彼女を『妹』と思っていないのなら、どうしてあんなに優しくしてくれたのだろう。彼女に腹を立てて、嫌いになってしまったはずなのに、まだこうして守ってくれているのは何故なのか。

もし、彼女が『妹』でないのなら——彼を『兄』と思わなくてもいいのなら。

——そんなに、誰にでもいい顔をしたいのか。

あのとき、憎々《にくにく》しげにそう言った彼に、言い返していたらどうなっただろう。誰にでもいい顔なんて、したはずがない。彼女がいい顔をしたかった相手は、一人だけだ。従順な『妹』であれば、彼の側にいられる。分を越えて望まなければ、最低限、それだけは許されるのだから。

結婚に興味はなかった。縁談相手なんて誰でも良かった。どうせ、一番に一緒にいたい人とは、そうはできない運命なのだ。だったら、この関係を維持するしかない。『妹』として『兄』を想う、それだけの関係を。

けれど、『妹』でないと言われたら——その関係すら失ってしまったら、どうすればいいのだろう……。

とめどもない思考が、闇の中に次々と浮かんでは消える。出口の見えない迷路のように、彼女を捕らえて閉じ込めてしまう。一人きりの暗闇は寒くて、淑蓉《しゅくよう》は両手を握り合わせる。誰かに側にいてほしかった——けれどそんなとき一番に思い出すのは、やはり彼の顔なのだ。

どのくらい、そうしていただろう。

「……えは……」

「止め……」

不意に、遠くから物音が聞こえてくる。淑蓉ははっと顔を上げた。随分長いこと膝を抱えて座り込んでいたせいか、身体が軋《きし》むような感覚があったが、それでもじっとはしていられない。音は、次第に近づいてくるように思われたからだ。

——こんな時間に……？

はっきりとは解らないが、既に時間は夜半を回っているはずだ。自分のことを棚に上げるなら、こんな時間に宮殿内をうろつく者などいない。警備の兵かとも思ったが、どうもそういう様子でもない——切れ切れに聞こえてくる話し声の一つは、女のもののように思える。

声と足音が近づいてくる。どうやら、この繙閲所《はんえつしょ》に向かってきているのではないかと気付いて、淑蓉《しゅくよう》はとっさに写字台の下に身を隠した。

「……うして、こんなことになった？　必ずやれと言ったはずだ！」

「ごめんなさい……でもこれ以上は、私にもどうしようもないわ」

乱暴に扉が開けられ、足音の主たちが部屋に入ってくる。男の声は、辺りを憚《はばか》ってか低くはあったが、その語気は激昂《げっこう》気味で、女の完全に抑制の利《き》いた声音《こわね》とはちょうど対照的だった。

が、淑蓉が目を瞬いたのは、そんなことではない。

——この声……？

「何が病だ。適当な言い訳をして、あの女狐《めぎつね》め、ただでは済まさんぞ。おい、君の力で、例の娘を引きずり出せないのか——君は後宮の主じゃないか」

「そんなこと……」

淑蓉は思わず息を呑《の》む。そうだ、と思い当たる気持ちと、まさかと思う気持ちがせめぎ合う。まさか、こんなところに彼女が居るはずがない——けれどこの声は、確かに間近で聞いたものだ。

写字台の下から、恐る恐る身を乗り出す。真っ先に目に入ったのは、二人が持ってきたと思《おぼ》しき灯火の光だ。すっかり闇に慣れていた目には眩《まぶ》しくて、淑蓉は何度か目を瞬いたが、やがてその明かりの側に、想像通りの人の姿を見つけた。公式の場で見る堂々たる出《い》で立ちではない、簡素な襦裙《じゅくん》を身につけて、髪もだらしなく見えない程度にまとめただけの飾り気のない姿だったが、それでも美しい人だ。憂愁《ゆうしゅう》の表情を浮かべる白い顔が、灯火のぼんやりとした光に照らされている。後宮の主——国后佳琳《かりん》。

「どういう状況か、君も解っていないわけじゃないだろう」

男の方にも、見覚えがあった。東園《とうえん》の宴《うたげ》に招かれたとき、佳琳の隣に立っていた男だ。戴毅《たいき》昌《しょう》、佳琳の息子である士傑《しけつ》太子の師傅《しふ》である彼は、あのときは随分堂々と立派に構えていたが、今はこの薄暗い明かりの中で、苛々《いらいら》と動き回っていた。憤《いきどお》っているのか……それとも、怯《おび》えているのか。

「これ以上、あの女に好きにさせておくわけにはいかないぞ。あの女の息がかかった連中が、あれこれ探り回っている。曲沙《きょくさ》や蒼林《そうりん》の件が明るみに出るのも時間の問題だ。……くそ、こんなことを暴《あば》き立てて、あの女に一体何の得があるというんだ」

毅昌が口にした地名が、淑蓉の記憶の糸に触れる。天黎《てんれい》の屋敷で見つけた、あの奇妙な書き付け。官吏の名前と、得体の知れない数字が書かれていたあの書き付けに、記《しる》されていたのが確かそれらの地名だった。

「凌蘭様《りょうらん》は、損得で何かをなさるような方ではないわ。あの方は単に……正しいことをなさろうとしているに過ぎないのよ」

「正義だと！」

男の声が、嘲《あざけ》るような響きで吐き捨てるのを聞きながら、淑蓉《しゅくよう》はぎょっとして身動《みじろ》ぎしそうになるのを何とか堪えていた。どうしてそこで、母の名が出てくるのだろう。

心臓が次第に高く打ちはじめる。嫌な汗が滲《にじ》んでくるのを感じながら、しかし淑蓉は話の続きに耳を澄まさずにはいられなかった。これは何かひどく重大なことだ。重大で、危険で、秘密めいた——けれど彼女の大事な人たちも、きっと関わってしまっている。母も——そして、天黎《てんれい》も。

「あの女のしていることが、正義だと言うのか！　どの権門より強引に、己の意のままに動く傀儡《かいらい》を宮廷に送り込んできているんだぞ。あれは正義ではない、専横《せんおう》だ」

「もしそれが気に入らないのなら、あの方の仰《おっしゃ》る通り、全てを公平にしてしまえばいいわ。出身も縁故《えんこ》も関係なく、六科選《ろっかせん》だけで宮廷への登用を決めるの。それなら、あなたも満足ではないの」

「何を馬鹿なことを！」

男は声を荒らげ、しかしすぐにそれに気付いて、また声を落とした。

「……今は、そんなことを話している場合ではないんだ。本当に解っているのか？　『白票《はくひょう》』のことが明るみに出たら、私たちは身の破滅だ。逃れられると思うなよ、佳琳《かりん》。君も同罪だ」

「…………」

「今のうちに、何とかしてあの女を抱き込んでおかなきゃならん。そのために、例の娘がどうしても必要だ。『なりそこない公主』でも何でも構うものか。人質さえ取っておけば、いかにあの女でも、こちらの言うことに従うだろう」

自分の悪名が出てきたことには一瞬驚いたが、しかしそれを気に病む余裕はない。淑蓉は息を詰めて、彼らの話を整理しようと試みる。

――『白票』って。

あまり一般的な言葉ではないが、淑蓉は、一応はその意味を知っている。棕河《そうが》国の、あるいは黄原の国々の史書に何度も出てくる、官位の売買を指す言葉だ。具体的なことはよく解らないが……それでも一つだけ、淑蓉にははっきりと解ったことがあった。天黎の屋敷で見た、あの奇妙な書き付けはこれのことだ――官位と一緒に書かれていた数字は、やはり金額だったに違いない。その額で、官位が取引されていたのだ。

そしてそれに、目の前の二人は関わっているらしい。片や太子の師傅《しふ》、片や国后という尊貴な人々が、どうしてこんなことをしているのかは判然としないが、それでも彼らの話から、状況が推測できないこともない。国后がわざわざ淑蓉に縁談など持ってきたのも、本当はこのためだったのだろう。母が宮廷に力を持っているのは確かなことのようだが、淑蓉に縁談を持ちかけたのは、母の身を守るためではなく、この企《たくら》みを隠すためだ。母の動きを牽制《けんせい》するための人質として、彼らは淑蓉を欲しがったのだ。

　実際に耳にしてみても、すぐには呑み込めない話だ。しかし淑蓉《しゅくよう》が真っ先に考えたのは、陰《いん》謀《ぼう》の成り行きでも母のことでも、まして自分の運命でもなく、天黎《てんれい》のことだった。どうして、あの書き付けが彼の屋敷にあったのだろう。彼はどういう形で、この企みに関わっているのだろう。

　天黎が、彼らの一味だとは考えられなかった。そんなことをする人ではないと信じる気持ちと同じくらい、彼が積極的に企みに関わっているにしては様子がおかしいからだ。綬連《じゅれん》太守である天黎にとって、曲沙《きょくさ》や蒼林《そうりん》は他人の領国である。もし彼が利を求めて不正を行うなら、一番やりやすいのは自分の治める土地であるはずだ。

　彼が悪事に加担してなどいないと信じている。でも、少なくとも彼は、この企みの存在を知ってはいたのだ。どうして、彼はそれを知ったのだろう。どうして、知っていながら黙っているのか……。

「……もう、止めましょう、毅昌《きしょう》」

　息を殺している淑蓉の耳に、依然として抑えた会話が聞こえてくる。

「こんなことが、いつまでも続くはずはなかったのよ。あなたは……私たちは、やり過ぎたのだわ。私たちの手に負えなくなってしまったのなら、それがきっと、終わりということなのよ」

「何を言っている！　今更止めてどうなると言うんだ！　いいか、君一人だけ助かろうなんて甘い了見《りょうけん》を起こしているなら……」

「あなた一人なら、助かるわ。――私から、何もかも陛下にお話しします」

「…………」

「あなたの名前は出さずに、私の罪だと申し上げます。だから、これ以上……」

佳琳《かりん》は最後まで言わなかったが、何と続けたかったかは淑蓉にも解る気がした。彼女の声を聞いていて、どうしたって解らないはずがない。抑えた声音に、それでも滲む哀願の響き。彼女は心から言っているのだ、自分一人で罪を背負ってもいいと。彼を救うためならば、どんなことでも覚悟していると。

淑蓉にさえ、はっきりと解る――国后は、この男のことを愛しているのだと。

――……えええええ!?

驚愕《きょうがく》のあまり、思わず呻《うめ》いてしまいそうになるのを、淑蓉は慌《あわ》てて両手で口を抑えることで押し殺した。そんな馬鹿な、彼女は国后なのだ。国主の、最初にして正式な妻。次の国主たる太子の母親。こんなことがあるはずがない。こんなことが……。

――でも……。

許されない、あってはならないことだ。けれど『有り得ない』なんてことはないのだろう。どれだけ身分が違っても、心ばかりはどうにもならない――それは他ならぬ淑蓉自身が、よく知っていることではないか。

会話は途切れ、沈黙が落ちる。息を潜めて蹲《うずくま》ったまま、淑蓉《しゅくよう》はひどく暗い気持ちになった。こんなことは何も知りたくなかった。不正のことも、叶《かな》わぬ思いのことも、何もかも。

本当は、彼らのことを追及するべきなのだろう。不正の全貌《ぜんぼう》を詳細《しょうさい》に記憶して、後でしかるべきところに告げるのが正しい対処に違いない。けれど今の淑蓉には、そんなことをしようと考える気力は到底湧《わ》いてこなかった。これ以上は何も聞きたくない。

ただひたすら、彼らが立ち去ってくれることを願う。何とかして、この場をやり過ごしたかった。きっと後でいろいろ考えなければならなくなるだろうが、さし当たって今は、もう彼女の頭はいっぱいなのだ。これ以上恐ろしいことを聞いてしまっては、耐えられそうにない。

しかし、必死にそう願う淑蓉の望みは叶えられなかった。

「――そうして、また裏切るのか」

「殺昌《きしょう》」

「あのときと、同じだ。私を捨てて……おまえは国主を選んだ！」

がたん、と激しい音が静寂に響いた。写字台がなぎ倒されたのだ。次いで、何かが強く叩かれる音――有無を言わさぬ、暴力の気配。

押し殺した悲鳴が小さく聞こえた瞬間に、淑蓉は隠れていた写字台の下から這《は》い出した。急いで音のする方を見ると、倒された写字台の向こうの壁に二人が見える。壁を背にしている国后は、こちらに背を向けている男に押し付けられているようだ。淑蓉は我を忘れて、慌てて叫んだ。

「止めて……止めてください！」

突然、予期せぬところから声を浴びせかけられて、二人はぎょっとしたようだ。弾かれたように振り向いた男が、驚愕のあまり国后からも手を離したのを見て、淑蓉は少しほっとした。

「誰だ！」

しかし怒鳴りつけられると、改めて恐怖が湧いてくる。驚愕を瞬時に攻撃性に変えた男の視線を正面から受けて、淑蓉は震え上がったが、それでも懸命に毅然《きぜん》として見せようと努める。

「そ、そんなことするのは、よくないと思います。その方に、乱暴なことはしないでください」

「何者だ、どこに潜んでいた……私たちの話を、聞いていたのか」

その努力も、だが報われたとは言い難い。淑蓉の非難など耳にも入らない様子で、男は彼女の方に近付いてくる。身の危険を感じて、淑蓉は逃げ出そうとしたが、ちらりと男の背後が目に入った瞬間、後退る足にためらいが生じてしまう。

——佳琳《かりん》様。

壁に押し付けられていた国后は、未だ衝撃から立ち直れない様子で、呆然《ぼうぜん》と立ち尽くしている。彼女をここに残しておいてもいいものだろうか。もし淑蓉が逃げ出したら、一人残された彼女は……何か、ひどいことをされはしないだろうか。

淑蓉《しゅくよう》の視線を感じたのかどうか、ぼんやりとしていた佳琳《かりん》の瞳がようやく動いた。淑蓉の姿を捉えると、ゆっくりと瞬く。ほんの少し認識するのに間があった後、再び驚いたように目を丸くして、口許《くちもと》を覆《おお》う。

「あなた……淑蓉さん……？」

「……何だと？」

佳琳の声に、一瞬気を取られたように男が振り向く。しかしそれは、決定的な隙ではなかった。淑蓉が出口へと向かう前に、彼はもう一度彼女の方へ振り向くと、今度は素早く近付いて、彼女の腕を掴んだのだ。

「！」

「淑蓉……ということは、おまえがあの女の娘か！」

あの女、というのはもちろん母凌蘭《りょうらん》のことだろう。淑蓉は精一杯力を込めて腕を外そうとしたが、到底力で敵《かな》う相手ではない。どころか、逆に強く腕を引かれて体勢を崩《くず》してしまう。よろめいたところを、後ろ手に捻《ひね》り上げられて、気がつけば完全に写字台に押さえ込まれていた。

「どういうことだ、どうしてこんなところにいる？　おまえの母親は、何を企んでいる！」

「痛っ……放して……ください……」

答えようにも答えられない。淑蓉は写字台に突っ伏したまま、呻きとも何ともつかない声を漏《も》らした。おかしな方向に曲げられた腕が、軋んで痛みを訴える。

急に、骨の髄《ずい》から震えが沁《し》み出てくるような恐怖に囚《とら》われて、淑蓉は叫び出しそうになる。こんな苦痛を、故意に与えられたことなどない。純然たる悪意、彼女の身がどうなろうと気に留めない。あの夜とは違う——力任せに引き倒されて、痣になるほど強く掴まれても、天黎《てんれい》にこういう恐れを覚えたことはなかった。彼は、彼女を傷つけていると解っていた。彼女の痛みを知っていた。こんな風に、彼女を這いつくばらせたりはしなかった。

あの夜とは、全然違う。

「毅昌《きしょう》、止めてちょうだい！」

「馬鹿を言うな、この娘は何もかも聞いてしまったんだぞ！　どうにかしなければ……くそ！　何でこんな」

佳琳が止める声が遠くに聞こえる。痛みが冷や汗となって肌に滲むのを感じながら、淑蓉はそれでも身体を捻ろうともがく。だが次の瞬間、新たな苦痛を加えられると、それ以上動くこともままならなくなった。もう一方の腕も取られ、強引に身体を起こされて呻く淑蓉に、男が吐き捨てるように言う声がする。

「……仕方がない、とにかく人目に付かないところに連れていくしかあるまい。どうするにしても——始末するにしても、逃げられないようにだけはしておかなければ」

「毅昌！」

「佳琳、どこかに、これを閉じ込めておける場所があるだろう。君以外の誰も近付けないような」

「止めて、お願いだから……」

「急ぐんだ！　時間がない、この娘がここに現れたということは……」

引きずられて、歩かされそうになるのに必死に抵抗する。この場所を出てしまったら、どうなるか解らない。どこかに閉じ込められて、助けを呼ぶこともできず……殺されてしまう。

しかし、助けを呼ぶことができないのは今も同じことだった。腕が痛くて、声も出ない。呻き声を上げたら余計に力を加えられて、息をするのが精一杯だ。

痛い、辛い、苦しい。だがそれより何より、恐ろしくてたまらない。このまま誰にも知られずに死んでしまったら――果たしてあの人は、彼女のことを思い出してくれるだろうか。

不意に脳裏に浮かんだ面影は、最後に別れたときの冷たい表情のままで、淑蓉《しゅくよう》は痛みのためでなく泣きたい気分になった。まったく馬鹿だった、どうして今夜、あの屋敷を出てきてしまったのだろう。あの人に嫌われているのが辛かった、背を向けられるのがもう嫌だった――けれどあんなに怒らせたまま、今生《こんじょう》の別れになってしまうのはもっと嫌だ。

――もう、一言だけ。

もう一度、会いたい。会って謝りたい――あんなに怒らせて、嫌われたまま、永遠に別れてしまうなんて。

「――それで、どこへ行く気だ？」

それは全く突然に、膠着《こうちゃく》した静寂を切り裂いた。不意にけたたましい音が鳴り響き、淑蓉は一瞬、後ろ手に捻り上げられている痛みを忘れる。繙閲所《はんえつしょ》の扉が荒々しく開け放たれると、複数の足音がばたばたと走り込んでくる。重く響く足音は、武具に身を固めた衛士たちだ。

完全に虚《きょ》をついた、あまりにも機敏《きびん》な動き。呆気に取られる淑蓉だったが、やがて闇の中から現れた人影に息を呑む。

「どこへ行こうと、もう逃げられるとは思えないがな。残念ながら、ここで終わりのようだぞ――戴毅昌《たいきしょう》」

隙なく剣を構える衛士たちの間から進み出てきた彼は、先刻別れたときと変わりない恰好だった。剣を佩《は》いている以外には、衛士たちのような武装はなく、いかにも無防備な様子に見える。しかしその瞳の鋭さは、抑えた声の冷たさは、他者を威圧する熾烈《しれつ》な何かがあって、淑蓉は背後で男がわずかに身動ぎするのを感じた。

ぼんやりとした灯火の明かりが、彼の姿を照らし出す。闇そのものと同じ漆黒の髪、今は何の表情も浮かんでいない整った白い顔は、確かにたった今まで淑蓉が思い浮かべていた人のものだ。

今すぐに腕を振り払って、彼の許に駆け出したくなる。決していい顔はされないとしても、もうそれでも構わない。彼の側に行きたかった。どうしてももう一度――会いたかったのだ。

――天黎《てんれい》様。

「天黎《てんれい》……親王殿下」

踊り上がりそうな淑蓉《しゅくよう》の内心とは裏腹に、背後の男は狼狽《ろうばい》したように呟く。

「どうして……あなたが……」

「解らないはずがないだろう、戴毅昌《たいきしょう》。それとも、心当たりが多すぎて解らないか？」

皮肉な口調、しかしそこに相手の反応を楽しむような気配はない。あくまで淡々と告げながら、天黎は距離を詰めてくる。

「国主の意に背《そむ》き、私利私欲に溺《おぼ》れ、他人を利用して姿を晦《くら》まし、いざとなったら高みの見物か。いいご身分だが……上から見下ろしているのはおまえだけではないということを、忘れるべきではなかったな」

また一歩。彼との距離が近付くにつれ、動悸がしてくるのは、喜びのためばかりではないことに淑蓉は気付いた。見る者を貫く強い眼差し、身に纏《まと》う凛《りん》とした空気に気圧《けお》される。人々を畏敬《いけい》させ、膝下《ひざもと》に平伏《ひれふ》させる、圧倒的な存在感。

背後で再び、男が何やら動くのが解る。きっとこの男も感じているのだろう。

「そのような……戯言《たわごと》を。誰が申し上げようと……」

「讒言《ざんげん》だと言うのなら、その旨言上《ごんじょう》するがいい。おまえにも、その権利は与えられる。ただし、国主陛下の御前《ごぜん》で故意に偽《いつわ》りを為《な》すなら、その罪は必ず生命で払わされることになるだろう」

「………」

「戴毅昌。曲沙《きょくさ》府並びに蒼林《そうりん》府における売官と、吏部《りぶ》に対する欺罔《ぎもう》の罪で、貴公を拘束する。縛《ばく》に付け——手向かいは、何よりもおまえのためにならない」

天黎が、また一歩足を進める。淑蓉は眩暈《めまい》がするような気分で、それをただ眺《なが》めていた。呼吸にすればほんの一つの距離、けれど今は、その距離の何と遠いことか……。

「………！」

が、次の瞬間、奇妙な叫び声とともに、身体が乱暴に引き倒されそうになる。不意に拘束されていた腕が自由になる——が、同時に、首の辺りに何かが巻き付いて身動きが取れない。顎を強引に掴まれて、奇妙な具合に首を曲げられる。巻き付いているのが太い腕で、背に当たっているのが男の身体だと気付いたときには、淑蓉は声も出せなくなっていた——曝《さら》け出された首筋に感じる、この硬い感触は。

「動くな！」

神経質な悲鳴じみた大声が、耳のすぐ近くで喚《わめ》き立てる。

「近付くな！　道を開けろ！　さもなくば——この娘を殺すぞ」

首筋に感じる硬いものが、尚更強く押し当てられ、淑蓉はようやくその正体を悟った。視界の端で、灯火の明かりを反射して不気味に輝く——鋼《はがね》の刃《やいば》だ。

空気が強張る。緊張が雷光のように、空間を走り抜けていく。物々しい武具を携《たずさ》えた衛士たちもぴたりと動きを止め、辺りには衣擦《きぬず》れの音さえもしなかった。戴毅昌の行動に、誰も彼もが硬直して一歩たりとも動けない。まるで少しでも動いたら、その瞬間に彼女の生命が失われるとでもいうように。

「……無駄なことだ」

その中でただ一人、口を開いた者がいる。男の脅《おど》しを聞いても、天黎《てんれい》は退くでも進むでもなく、じっと相手を見返しただけだった。完全に冷静な声だけが、淡々と夜気を震わせる。

「今更、そんなことをしてどうなると思っているんだ？　見苦しい真似をして——助かるとでも」

「助かるだと」

だが応じたのは、侮蔑《ぶべつ》に満ちた哄笑《こうしょう》だ。依然、淑蓉に短刀を突きつけたまま、男は神経に障《さわ》るような不快な声音で言い返す。

「思ってもいないくせに、よくもそんなことを！　どうせ、助けるつもりなどありはしないだろう。いつものやり口だ、忌々《いまいま》しい国主の一族——何もかもを平気で奪う盗人《ぬすっと》め！」

「……もしおまえの主張が正当であるなら、それを証だてる機会はある」

「黙れ！　何もかもいんちきだ、仕組まれた罠《わな》だ！　こんなところで、助かろうなどと思うものか。貴様らは貴様らのやり方で、俺を嬲《なぶ》り殺しにするつもりだろう。それくらいなら、死んだ方がましだとも——俺のやり方でな」

「…………」

「さあ、道を開けろ。でなければ殺せ——どうせその辺に、射手も仕込んでいるのだろうが。射かけたければ射かけろ、だがこの娘も連れていくぞ。死出の旅にはつまらぬ供物だが、ないよりはましだ」

天黎《てんれい》は答えない。ただ黙って、支離《しり》滅裂《めつれつ》に喚き散らす男を見据えている。その顔は冷徹ともいうべき無表情で、どんな種類のためらいも憤りも心痛も、まるで表れてはいなかった。ただの一度も、淑蓉《しゅくよう》の方をちらとも見ることなく——しかし淑蓉には、それがどういうことか解っている。

強《し》いられた体勢から、それでも懸命に天黎を見つめる。依然、彼は黙って敵と対峙《たいじ》していたが、しかしその瞳に微かな気配を感じた瞬間、淑蓉は彼がどうするつもりなのかを察した。閃《ひらめ》いたのは、痛ましいほどの苦痛の色——まるで彼自身の心臓に、刃を突きつけられてでもいるような。

きっと、彼は兵を引くだろう。たとえ後には隙を見つけて敵を討とうとするにしても、この場においては要求通り、男に道を開けるだろう。彼女のために、彼女の生命を救うためだけに——男の要求に膝を屈するのだ。

悟った瞬間、胃の腑《ふ》が捻《ね》じれるような不快感に襲われる。感じたのは、これまでにないほどの怒りだ。

——そんなこと。

許せるはずがない。誰であろうと何であろうと、あの人にそんなことを強いていいはずがない。しかも今、それを強いようとしているのは、他ならぬ淑蓉自身なのだ。

わなくように全身が震える。恐怖ではなく、怒りのために震えることがあるなどと、淑蓉ははじめて知った。そんなことを許せるはずがない――そんなことになってしまったら、絶対に自分を許せない。彼の力になりたいのに、彼の足を引っ張ってばかりだなんて、これでは一体何のために生きているのか。

これ以上、出来の悪い『妹』で居続けるのなら――この先に、どんな希望があるものか。

「………………！」

手を伸ばしたのは、ほとんど衝動に近かった。首筋に短刀を突きつけている男の手を、淑蓉は全力で引き剥《は》がす。同時に身を捩《よじ》って、身体ごと相手の鳩尾《みぞおち》にぶつける。

まさか、抵抗されるとは欠片《かけら》も思っていなかったのだろう。短刀を持つ手は思いがけず狙いを逸《そ》らし、男の身体が一瞬傾く。しかし、それはあくまでも一瞬のことに過ぎなかった。未だ彼女の身体を拘束している腕が離れない。くぐもった唸《うな》り声が怒りの罵声《ばせい》に変わるのを聞いて、淑蓉はもがきながらも目を閉じる。痛いだろうか、もちろん痛いに違いない、あんな刃で刺されたら……。

ひゅっと耳元で風を切る音がした瞬間、淑蓉は痛みを覚悟した。ぐらりと身体が傾く感覚、激しい苦悶《くもん》の叫び声。

――……あれ？

しかしその叫びは、彼女自身のものではない。苦痛を予想して強張っている全身の、どこにも痛みがないことに気付いて、淑蓉《しゅくよう》は恐る恐る目を開ける。

最初に見えたのは、見覚えのある長袍《ちょうほう》だった。簡素な濃色だが、衿《えり》を飾る刺繍《ししゅう》は精緻《せいち》で……それがすぐ間近にある。背に腕が回されているのを感じた。彼女の身体を支えるように――何ものからも守るように、しっかりと胸に抱き込む腕。

「捕らえろ」

頭上で、冷然と命じる声がする。淑蓉は弾かれたように顔を上げ、そこに彼を見出《みいだ》した。さっきまでは対峙していたはずの彼、ほんの一息の、絶望的な距離に隔《へだ》たれていた――慕《した》わしい人。

ほっと息をついた瞬間、ばらばらと人々が動く音に気付いて、淑蓉は辺りを見回した。彼女を抱き寄せたままの天黎《てんれい》の指示に従って、衛士たちが苦悶の声を上げている男に駆け寄っていく。蹲《うずくま》っている男が、短刀を手にしていた腕を押さえていることと、天黎の右手にいつの間にか抜き身の剣があることを知って、淑蓉はようやく何が起きたのかを悟った。

――助けて、くれたんだ……。

いつもそうだ。何があっても、どんなときでも、天黎は絶対に彼女を助けてくれる。嬉しい……けれど同時に情けない気分にもなって、淑蓉は見上げた彼の顔から目を逸らした。また迷惑をかけてしまったのだ。何一つ、彼の役には立たないまま……何一つ返すことができないまま。

気まずく身動ぎして、淑蓉は彼から離れようとした。だが、背に回された腕はしっかりと彼女を抱きしめていて、到底抜け出せない。悄然《しょうぜん》と俯《うつむ》きかけた淑蓉は、しかし次いで彼が発した言葉に、思わず視線を転じた。

「あなたも、いらしていただけますね――国后陛下」

壁際にいたはずの佳琳《かりん》は、いつの間にか真っ直ぐに立って、衛士に引き立てられていく男を見送っていた。遠い目をしたその表情からは、内心を窺《うかが》うことはできなかったが、天黎の言葉が耳に届くと、彼の方を見て微かに笑う。

「……あなたが、来てくださったのね、天黎様」

「あなたは国后だ。兵卒に縄《なわ》を打たせるわけにはいきません。それに……他の誰に、こんなことができると思いますか」

答える天黎の冷静な声、しかしその言葉の最後には、微かに非難の響きが滲んでいる。にもかかわらず、それを聞いた佳琳は、逆に笑みを深くした。ひどく美しく、透明な――何もかも悟ったような、諦念《ていねん》の微笑《ほほえ》み。

「解っています。……あなたは優しい方ですね、天黎様」

「…………」

「お心遣いに感謝致します。他の方々にも……あの子にも、そう伝えてください」

やがて、一際《ひときわ》丁重な礼をして、衛士が二人、彼女の側に立った。国后の身に手をかけることはないが、その意図は明らかだ。促《うなが》す身振りに小さく頷くと、佳琳《かりん》は衛士たちに従って歩きはじめたが、通り過ぎる前にふと振り向き、淑蓉《しゅくよう》に向かって言う。

「淑蓉さんも……ごめんなさいね。こんなことに巻き込んだりして」

答えに詰まり、淑蓉はただ困って相手を見返した。彼女の理解が正しければ、佳琳が彼女に縁談を勧めたのは、戴毅昌《たいきしょう》の不正を隠すためだったということになる。母を引き合いに出して彼女の不安を煽《あお》り、あの男の悪事に協力したのだ。

考えてみれば、確かにひどい話ではある。しかし淑蓉は、何故か彼女に腹を立ててはいなかった。それよりも、もっと別のことに気を取られていたからだ。

「どうして……」

どうして、あんな男に力を貸したのか。国后の身でありながら、どうしてこんなことに手を染めたのか――彼を好きだったのだろうか。もしそうなら、どうして後宮へ入ることになってしまったのか。

だがそのどれも、尋ねるのは適切でない気がする。淑蓉の内心に渦《うず》巻く問いの数々を察したかどうか、中途半端に途切れた彼女の言葉に、佳琳は小さく呟いた。

「後宮では、時は止まっているの。新しいことは何も起きない、何度季節が巡っても、変わるものなどありはしないわ。ただ古くなっていくばかりで……決して消えてしまわない」

「あなたは外へお行きなさい。度を超えて長く持ち続けるより、いっそ全て失う方が、ずっと……幸せなのかもしれないわ」

「…………」

淑蓉がその言葉の意味を考える間に、佳琳は衛士に伴われて扉の向こうに姿を消した。

何とも言えない気持ちになって、淑蓉は密かに息をつく。現実と相容《あいい》れない想いの行く先は、やはり『失う』べきなのだろうか。もちろんそうだろう。持ち続けていても、どこにも辿《たど》り着かない。それでもなおも固執《こしつ》するなら、きっと現実の方を捻じ曲げてしまう。佳琳の行き場のない想いが、こんなことにしかならなかったように。

けれど、ずっとあったはずのものを手放してしまって、本当に幸せと言うことができるだろうか。嘘でも、誤解でも――それがたった一つだけ、彼の側にいられる理由だったのに……。

「淑蓉」

不意に、低い声で名を呼ばれて、淑蓉ははっと顔を上げた。さっきまではこちらに一瞥《いちべつ》もくれなかった天黎《てんれい》が、いつの間にか彼女を見下ろしている。見慣れた、整った顔には、依然として内心が読めるほどの感情は浮かんでいないが、微かに引きつった口元が、続いた緊張の余韻《よいん》を残しているように見える。……弱い灯火の明かりの下で見るその顔が、薄暗さのためでなく、実際に血の気が引いて見えるのは気のせいだろうか。

「……怪我は、しなかったか？　痛いところは？」

お兄様、と呼びそうになって、淑蓉《しゅくよう》はすんでのところで堪えた。もう、彼をそう呼ぶ資格はないのだ。言いかける言葉に困って、淑蓉は曖昧な表情を返すと、結局無難な返事をした。

「はい……。あの……すみません、ご迷惑を……」

けれど、それ以上言葉を続けることはできない。がたん、と、何かが乱暴に放り出される音がしたかと思うと、淑蓉は息が苦しく思えるほどの力に囚われていた。放り出されたのは、彼が手にしていたはずの剣だと思い当たったときには、両腕で胸に抱きしめられている。腕の中のものを守るように――決して失いたくないと、縋《すが》りつくように。

「――頼むから……」

耳元で聞こえる、低い声。けれど、これまで落ち着いているとしか思っていなかったその声が、わずかに震えて掠《かす》れていることに、淑蓉ははじめて気付いた。

「頼むから、危ないことはしないでくれ……。あんなことをして、君は……ああ、くそ、もう」

天黎《てんれい》のこんな声を、聞くことがあろうとは思わなかった。彼女の前で、そんな風に罵《ののし》る言葉を口にするところも見たことがない。少し前なら当惑したはずのそれらを、しかし今の淑蓉は、嫌だとは少しも思わなかった。きっとこれは、はじめて彼女が触れることを許された彼の一面なのだ。これだけ長く、彼女の優しい『お兄様』でいてくれた彼が、『妹』には決して見せてはくれなかったもの。

「もう……駄目かと思って……。君に何かあったら……君を死なせたりなんかしたら、俺は」

力強く彼女を抱きしめる腕が、その実、固く強張っていることも、伝わる鼓動の忙《せわ》しなさも
――彼女の『お兄様』には有り得るはずがないことの全てに、心が惹《ひ》かれて止まらない。

この人のことを、もっと知りたい。完璧でない彼のことを。優しくなかったり、時々は理不尽に怒ったり、けれど懸命に彼女を助けてくれて――今、こうして彼女をきつく抱きしめて、震えている彼のことを。

彼を抱きしめ返したかった。ちゃんとここにいると伝えて、安心してもらいたかった。半ば無意識に腕を回しかけた淑蓉は、しかし次の瞬間耳にした言葉に、はっとして動きを止める。

「――すまなかった」

それまでよりもさらに小さい囁《ささや》きが、耳を撫《な》でる。掠れた息がひどく辛そうに、その心を打ち明ける。

「あんなことを、言うつもりじゃなかったんだ――君を妹だとは思わない、なんて」

「…………」

「本当は、謝るつもりで……いや、もういい。とにかく、俺が全部悪かった。君は俺の妹だ
――ずっと、俺はそう言ってきたんだから」

それは今夜、最も聞きたかったはずの言葉だった。これまでずっと彼女が占めていたはずの

位置を、回復する言葉。彼女が彼の側にいられる、ただ一つの理由。

　けれど望んでいたはずの言葉を聞いて、何故かひどく胸が痛い。痛みを誤魔化《ごまか》すように、淑蓉《しゅくよう》は深く息を吸い込んだ。天黎《てんれい》は間違っていない、二人はただの『兄妹』だ。それ以上でも、以下でもなく――それ以外を望んでもいない。

「もう、何でもいい。君が『妹』でも――俺は『兄』でも構わない。何でも君の望む通りにする。それで……それで、君と離れずに済むのなら」

『兄妹』でなければ離れてしまう。解っていたから、望まなかった。分を越えて望んでしまえば、今、奇跡的に存在している儚《はかな》い繋がりでさえ消え失せてしまう。こうしていられること自体が奇跡なのだ。だからもういい、これで十分。

「何もかも、元通りにする。今までと同じに、君の『兄』として……二度と、あんなことは言わないから、だから――どうか、許してくれ」

　本当は、それで満足するべきなのだ。優しい『お兄様』が好きだった。彼女を庇《かば》って、守ってくれて、大事にしてくれる彼のことが。

　けれどもう、それだけではないと知ってしまった。それだけではないと知って――それでもやっぱり、彼のことが好きだった。

『兄妹』に戻ってしまえば、彼の側にはいられない――たとえ身体は側にいても、彼の心が見えなくなる。『妹』には教えてくれなかった、『兄』ではない彼の心に、二度と触れられなくなってしまう。側にいながら心は離れていなければならないなんて、そんな拷問《ごうもん》に耐えられるだろうか。彼の全てが知りたいのに。彼の全てが――欲しいのに。

――もう、駄目。

これ以上、嘘はつけそうになかった。こんな想いを抱えて、『兄妹』の顔なんてできるものか。ずっと見ないふりをしていたのに……でも気付いてしまったのなら、できるのはただ、終わることだけだ。

「……駄目です」

彼の腕を振り解こうと、身を捩る。こんな風にされているのはたまらなかった。彼の『妹』ではいられないくせに、その恩恵だけ享受《きょうじゅ》している自分が、浅ましく思えて仕方がない。

「淑蓉！」

「もう、駄目です、できません。もう――あなたを『お兄様』とはお呼びできない」

「淑蓉、お願いだ！　本当に悪かったと思って……」

「違います！　そうじゃないんです！」

慌てたように言う天黎の言葉を、激しく首を振って撥《は》ねつける。彼に謝ってほしくはなかった。彼に感謝こそすれ、謝られることなど一つもない――ずっと、彼女を大事にしてくれた。『妹』として、これ以上はないほど親切にしてもらった。

なのに、応えられなくなったのは彼女の方だ。あれだけのものを受け取っておきながら、分を越えて更に望んでしまう、この欲深さが罪なのだ。

行き場のない想いならば、終わるしかない。『兄妹』に戻りたいという彼の期待に応えられないのなら、せめてこれ以上傷つける前に、本当のことを言わなければならない。どこにも辿り着かない想いならば――今、この場で。

「ごめんなさい……私が悪いんです。こんなこと……言うはずじゃ……」

喉の奥に、言葉が支《つか》える。この期《ご》に及んでなおも恐れる心を叱咤して、淑蓉《しゅくよう》は懸命に声を押し出した。口に出したら、本当に戻れなくなる――けれど今だって、もう十分戻れないのだ。

不意に、彼女を抱きしめていた腕が緩《ゆる》む。ようやく身体を離すことに成功した淑蓉は、そこで再び彼と顔を合わせる。彼女を見下ろす天黎《てんれい》は、もう引きつった無表情ではなかった。当惑の中にある、気遣わしげな表情――彼女の様子を心配する、見慣れた『兄』の顔。

「私……嘘をついてたんです。こんなに良くしてもらって……『妹』だなんて言っていただいて、本当に嬉しかったのに……最後まで、あなたの言う通りでいたかったのに」

「淑蓉」

「ごめんなさい――天黎様。本当はずっと……もうずっと、あなたのことが、好きなんです」

ついに、口にしてしまった。これまでの全てを、自分から叩き壊してしまった。この先に続いたはずの未来さえも。

彼の顔を見ていられない。淑蓉は俯いて、きつく目を閉じた。その顔にどんな表情が表れるのか、見てもいないのに瞼《まぶた》に浮かぶ。突然こんなことを言われて、きっとさぞ驚いただろう。そして何という戯言かと、呆れられたに違いない。それとも、軽蔑されただろうか……そんなつもりで優しくしたわけではないと、気を悪くされていたら……。

だが次の瞬間、不意に頬《ほお》に触れるものがある。冷たいそれが、大きな手だと解った瞬間、更に別のものが触れてくる。仰向《あおむ》かされた唇に、一瞬だけ触れて消えた——優しい口付けの気配。

思わず目を開けてしまった淑蓉が、真っ先に見ることになった天黎の顔は、彼女の予想したどの表情とも違っていた。驚いても、呆れても、ましてや不機嫌そうでもない。柔らかい笑顔、けれどそれは淑蓉に馴染みのあるものとは違う。彼女を安心させるためではなく、心から幸せそうな微笑み。

「——もう一度」

真っ直ぐに彼女を見つめて、天黎は言った。耳に心地よい声が、歌うように響く。

「もう一度、言ってくれ。さっき、君が言った言葉」

「はい……？　え、えっと、私、嘘をついていて」

「違う、そこじゃない。——俺のことを、どう思ってるって？」

「あ、す、好きです」

「もう一度」

「好きです」

「もう一度」

「好きで……え？」

　この反復は何なのか、とようやく疑問に思った淑蓉《しゅくよう》が口ごもった途端、再び唇が唇に触れる。

何が起きたのか、今度は淑蓉にもはっきりと解った。先刻よりは少し長い——互いの存在を、
確かに感じられるほどに。

「……いつか、君からそれを聞きたいと思っていた」

　やがて、彼女の目を覗《のぞ》き込みながら、天黎《てんれい》が静かに呟いた。

「もうずっと、長いこと……君がその嘘をつきはじめるより、もっと前から」

「天黎様……」

　心臓が飛び跳ねるように脈打っている。呼吸の仕方も思い出せず、淑蓉は喘《あえ》ぐように彼の名を口にする。何やらひどく眩暈がする。彼は何を言っているのだろう。何が一体どうなっているのか……。

「好きだ、淑蓉。愛してる」

　しかし、天黎の言葉はこれ以上はないほど端的で、聞き間違える余地は欠片もない。率直すぎる言葉は放たれた矢にも似て、彼女の息の根を止めそうになる。果たして自分はまだ生きているのだろうかと、淑蓉はぼんやり疑った。この突飛《とっぴ》な現実は、本当にさっきまでの世界と地続きなのだろうか。彼女は死んで、どこか別の世界へ紛《まぎ》れ込んでしまったのではないか。

「だから、もう、どこにも行かないでくれ。他の男のものになんかならないで……ずっと、俺と一緒に」

けれど続けてそう言われたとき、淑蓉ははたと思い出した。天黎の口にしたその言葉は、彼女自身の願いでもあるはずだ。

――ずっと、一緒に。

だが、そんなことが本当に可能なのだろうか。たった今、彼女はその願いを投げ出したばかりなのだ。『兄』と『妹』でなくなれば、彼との繋がりも消えてなくなると思って。

「……一緒に、いてもいいんですか」

「うん？」

「天黎様と……これからも、一緒にいてもいいんですか？『妹』じゃなくても？」

他の関係なんて知らなかった。他の理由で、彼に求められることがあるなんて想像もしなかった。けれど彼女の動揺に、天黎は笑って言うばかりだ。

「もし君を『妹』だと思っていたら……『妹』に、こんなことはしないよ」

「…………」

「だからどうか、俺にも言ってくれ――もう、君の『兄』でいなくてもいいと」

――その言葉が、全ての終わり。

淑蓉は口を開いて何か言おうとしかけたが、しかし実際に出てきたのは、意味をなさない嗚《お》咽《えつ》だった。身体の内側で渦巻いていたものが、一気にせり上がって溢《あふ》れてくる。押し留めようもなく、涙が溢れる。頭が熱い、胸が苦しい。

ふと、淑蓉《しゅくよう》は再び背に回された腕の存在を感じた。優しく抱きしめてくれる気配は、彼女のよく知る『兄』に似て――しかし『兄』にこんなことをされたことはなかった。喪失《そうしつ》感とも喜びとも、緊張とも安堵ともつかない感情の渦に呑み込まれて、淑蓉はついに声を上げて泣きはじめた。

＊　＊　＊

繙閲所《はんえつしょ》での『混乱』は、半刻もした頃にはすっかり収拾がついて、宮殿は再びこの時刻にふさわしい静寂を取り戻していた。まったく理想的な頃合いだったと、天黎《てんれい》は改めて思う。秘密裏に、騒ぎ立てずに片付けるつもりの元々の計画とは、多少のずれを生じてしまったが、結果として悪くない。もし淑蓉が、あの決定的な場面に居合わせなかったら、あの二人の関与を証拠立てるにはもう少し時間がかかったはずだ。

もっとも、それはあくまで結果論であり、途中経過はなかなかに生きた心地がしなかったわけだが。一件を振り返ったついでに忌々しいことまで思い出してしまい、天黎は再び腸《はらわた》が煮え返るような苛立ちを覚えた。不正よりも何よりも、淑蓉をあんな目に遭わせたという一点で、あの男に情状を酌量《しゃくりょう》してやる余地は微塵《みじん》もない。何が何でも追い込んで、地獄を見せてやるべきだ。……それに淑蓉の方にも、危ないことはもう絶対にしないように、念を押しておかなければ。

その淑蓉は、今頃は後宮に戻って落ち着いた頃だろう。天黎としては、このままもう一度自分の屋敷に連れて帰ってしまいたかったのだが、後宮の扉が開けられた以上、そういうわけにもいかなかった。夜明けまでは固く閉ざされているはずの、外廷から後宮への通用扉が、この時間に開けられるのは異例のことだが、異例であるだけにそこに込められた意志の並々ならぬ力を感じさせる。まあいい、と天黎は内心で呟いた。返せと言うのなら、今は返そう――先のことを考えれば、彼女の母親に礼儀正しく見せておいて、損をすることはない。

それに彼の方も、まだすることが残っている。

ついてきた衛士を門の外に置いて、天黎はその宮に足を踏み入れた。すぐに取次の者が現れるが、ふさわしからぬ時間の来客に動じる様子もなく、静かに彼を奥に導く。主の意向は確かめるまでもないのだろうと、天黎には解った。この宮の主は、とうに彼の来訪を予期して、用人に言い含めていたに違いない。

やがて、歩廊《ほろう》を抜けた先に、灯火の光が漏れる扉がある。国主の宮殿内では、火の使用は制限されているのだが、この宮は特別だ。宮殿の他の部分が官吏の役所であるのに対して、ここは屋敷であるからだ。朔稜《さくりょう》城内に『住む』ことができるのは、国主と後宮の妃嬪《ひひん》たちを除けば、一人しかいない。

用人が中に何かを告げるのも待たず、天黎《てんれい》はいきなり扉を開けた。扉をくぐって、中にいる人に告げる。

「終わりましたよ──兄上」

突如《とつじょ》、許しも得ず侵入してきた異母弟《いぼてい》に、屋敷の主、棕河《そうが》国太子士傑《しけつ》は表情一つ動かさなかった。室内に端然と座した彼は、目を通していた書面から顔を上げると、常通りの無表情で見返してくる。既に夜も更けたというのに寝衣《しんい》姿ではなく、昼間と同じくきちんとした長袍を着ている。少し驚いて見せるくらいの可愛げはないものかと天黎は思うが、もちろん彼にそんなものはないだろう。相変わらずの真面目ぶりだ。

「そうか」

「その口振りだと、もうご存じだったんですね」

「おまえに貸した衛士から報告があった」

「ああ、そう言えばそうですね。ありがとうございました、助かりました」

「……自分の衛士はどうしたんだ。特にこういうときには、常に連れて歩くべきだ」

淡々とした口調に、微かに咎《とが》める響きが混じるのを聞いて、天黎は軽く肩を竦《すく》めた。御説ごもっともではあるが、しかしこの兄の言う通りにやっていては、いちいちまどろっこしくて仕方がない。厭味《いやみ》で言っているわけではなく、四角四面《しかくしめん》な本人はちゃんと自分の言葉通りにやるのだろうが、少なくとも天黎にとっては苦行に近いようなことばかり言う。

そもそも、自分の衛士を置いたまま彼が屋敷を出てきたときには、今夜こんなことに首を突っ込む予定ではなかったのだ。屋敷から出て行ったらしい淑蓉《しゅくよう》の行方を追いかけるのに、衛士のことなど気にかける余裕があるはずはない。後宮からろくに出たこともないはずの彼女が、どこかで迷っているのではないかと探しながら辿り着いた宮城で、門衛《もんえい》から彼女を中に通した話を聞いていたところで、太子付きの衛士がやってきて、今夜の宮城の動きを告げたのだった。

つまり――国后佳琳《かりん》と、太子の師傅《しふ》たる戴毅昌《たいきしょう》が、人目を避けて落ち合う予定であるということ。

「あなたこそ、自分の衛士を何に使ってるんですか。……この件は、俺に任せると仰ったじゃないですか」

そんなことを言っておきながら、どうやら天黎の与《あず》り知らぬところで、士傑も密かに動いていたらしい。天黎の指摘に、士傑は常の無表情から、わずかに詫《わ》びるような顔つきになった。

「……すまない。おまえの気を悪くするつもりではなかった」

「別に、気なんか悪くしませんよ。任されたと言ったのに、結局あなたのおかげでうまくいったというのは、我ながらしまらないとは思いますが」

「宮殿内で衛士を動かせるのは、父上でなければ私だけだ。おまえにはできないことなら、私がやるのが筋だろう」

「そういうことではなくてですね……」

どうにも話の解らない兄に、天黎《てんれい》は思わず説明しかけたが、しかし少し考えて結局止めておくことにした。彼が言いたかったのは、一度与えた仕事に横から口出しするなというようなことではなく——自分の母親と師傅《しふ》に監視をつけるような真似をして、誰が一番嫌な思いをするかということだ。今更言っても、益のないことではあるが。

「……いつから、ご存じだったんですか」

嫌な話ついでに訊いてみる。国后佳琳《かりん》が、戴毅昌《たいきしょう》の浅はかな不正に手を貸したのは、彼女があの男を気に入っていたからだ。……道ならぬ恋、とまで言うのはさすがに気の毒であろう。後宮の主である佳琳は、十数年前に、戴毅昌を息子の師傅の一人に加えるのに口利きした以外に、彼に格別な恩顧《おんこ》を与えることも、特別に浮ついた振舞いをすることもなかった。少なくとも、表面上はそうだ。人の噂になることもなく、佳琳の自制心は、常に人目のあるところでは勝利し続けてきたのだ。

だが、息子の目からは、多少違うものが見えていたようである。

「いつからだろうな、もう覚えていない。だが……子供の頃、私は、母はあの男が気に入らないのだと思っていた。あの男と顔を会わせる機会がある度に、逃げ出したいような顔をしていたからな。その母が、あの男を宮廷に入れたのだと知ったときには、何故嫌っている相手にそんなことをするのか解らなかった」

「…………」

「――それが解るようになるまで、長く見ていたくはなかったな」

　表情一つ変えず、どこまでも淡々とした呟きは、しかし滅多に窺い知れない、彼の真情に違いなかった。早くに母を亡くした天黎には、それがどういう感じなのか正確に想像できるとは言い難かったが、しかし兄の性格からして、さぞ神経に障る状況であったということだけは解る。品行方正を絵に描いたような士傑《しけつ》は、生来、正しいことが正しくないと気が済まない性質なのだ。それでも、いい方向性であるなら多少は融通《ゆうずう》が利かないでもないのだが、それが『何となく後ろ暗そうなことを全力で見ないふりをする』などということを年単位で強いられたなら、随分といろいろなものをすり減らすことになっただろう。

「『お心遣いに感謝致します』だそうですよ」

「何だ？」

「国后陛下から、あなたへ言付《ことづ》かりました。……あなたに合わせる顔がないとは、思っておられたようですよ」

　こう言うのが正しいのかどうかは解らなかったが、伝言は伝言であることだし、天黎は一応伝えておくことにした。兄の本来の性格からいけば、たとえ相手が母でも何でも、決定的な証拠さえ掴めば、自ら断罪しに飛んで行ってもおかしくなかった。それを敢《あ》えて異母弟に託して差し向けることにしたのは、体面という以上に、母の心情を思いやっていたからではなかったか。

あるいは、彼自身にもそうしたい理由があったのかもしれないが、しかしそれを士傑《しけつ》の口から聞くことはなかった。次に彼が言ったのは、天黎《てんれい》の全く予想しないことであったからだ。

「……おまえをあそこへ遣ったのは、その方が後々都合がいいだろうと思ったからだ。この件が、おまえの功績になるなら」

「功績？　何のことですか」

「私が太子を下りたら、次はおまえが上ることになるだろう。理由はいくらでもあった方がいい」

「はあ!?」

まさに青天《せいてん》の霹靂《へきれき》である。天黎は心底ぎょっとして、まじまじと兄を見返した。いきなり何を言い出すのだこの人は。

「何言ってるんですか。知りませんよ俺は！」

「だが、おまえは国主の一族に生まれたのだ。義務を果たさなければ――」

「まず自分からやってください！　俺は困る！」

本当に困る。瞬間、天黎の意識を占めていたのは、先刻後宮へ帰したばかりの淑蓉《しゅくよう》のことだった。国主の息子というだけで、長年に亘《わた》り、あれほど遠慮して距離を取られてきたくらいなのだ。この上何かの間違いで、彼にうっかり国主の地位など転がり込んできてしまったら、きっと彼女は恐慌に陥《おちい》るに違いない——今夜、ようやく手に入れたあの告白でさえ、なかったことにされかねないほどに。

　大体、どうして士傑はこんなことを言い出したのだろう。天黎の知る限り、この兄は自分が太子であることに、何の疑問も抱いていなかったはずだ。生まれたときから太子として育てられ、本人も何故などと問うこともなく、当たり前にそれを受け入れて生きてきた。よく言えば素直、悪く言えば反抗や懊悩《おうのう》といった人間らしい感情的反応にまるで縁のない人間なのだ。それが何故、自分のものと心得ている義務を、放棄《ほうき》するつもりになったのか。

「私は不適だ」

　依然として淡々と、彼は言った。

「母は罪を犯したのだ。国主の地位は、罪人の子では務まるまい」

　だがその無感動さが、わずかにも変わることのない表情が、逆に何かを表しているようにも思える。天黎はしばらく相手を眺め、少し考えを巡らせて、やがて深くため息をついた。

　——そんなに落ち込んでたとは、知らなかったな……。

　まあ、考えてみれば、この状況で少しくらい落ち込まないわけがないとは思うのだが。あまりにも普段通りすぎて、全く気付かなかった。しかも落ち込んだら落ち込んだで、自分がこれまでやってきたことを、微塵の執着もなく捨ててくれようという極端さも、いかにもこの人らしい。

――いくら何でも、解りにくいだろう……。

とはいえ、これをこのまま放っておくわけにはいくまい。飛び火してきた延焼に巻き込まれて、とんでもないことになるのは心底ごめんだ。

しかし、だからといって何か気の利いた慰めが思いつくわけでもない。天黎《てんれい》自身、そういう役回りが得手《えて》だと思ったこともない。彼が親身に相談に乗りたい相手はこの世にただ一人であって、その他の人間には正直、どう言っていいかよく解らない。

だから、彼にできそうなことは一つだけだ――昔、彼が受け取ったものを、そのままやってみることだけ。

「ちょっと、こっちに寄ってください」

天黎は兄の座る方へ歩み寄ると、そう言って卓越しに手招く。何事かと身を乗り出しかけた士傑《しけつ》に手を伸ばすと、その頭をぐしゃっと撫でる。さすがにびっくりしたらしい兄が、珍しくはっきりと怪訝《けげん》な表情をして見上げるところを、じっと見据えて言ってやる。

『あなたが一生懸命やってたってことは、ちゃんと知ってます』

「……何?」

「ちょっとしたまじないです。少しは効きませんか」

遠い昔、天黎にこれをやったのは、当時は見知らぬ子供だった。月の満ちる夜、小波《さざなみ》一つ立たない鏡のような池の側で出会った幼い少女。

あの夜、あの場所で自分が何をしていたか、天黎ははっきりと思い出せない。おそらく、日中に何か嫌なことでもあったのだろうと思う。あの頃はいつもそうだった——母が死んで、後宮に居場所がなくなった。後宮だけではない、元々彼の居場所などひどく曖昧なものだった。何をどれだけ上手くやっても、国主の地位を継ぐことはできない。だからといって後宮を出て、好きに生きることもできない。国主の一族として、適当な地位を与えられ、一生を自分で選んだわけでもない場所に繋がれて過ごすしかないのだと。

いっそ太子の地位を奪ってみるような野心でもあれば、あの薄ぼんやりとした苛立ちも少しは紛れたかもしれない。しかし幸か不幸か、士傑は目的意識に溢れた立派な太子であったし、そして天黎は太子になどなりたいわけではなかった。欲しいものは、もっと別の何かだ。何をやっても満たされない、この得体《えたい》の知れない苛立ちを鎮《しず》められる何か。

そんな風に苛々していたから、あの夜、彼女から手紙を取り上げた。彼女がいかにもそれを大事そうにしているのが、無性に癇《かん》に障《さわ》った。彼には大事なものなんてないのに、自分の欲しいものさえ解らないのに、他の人間が当たり前に与えられているなんて腹が立つ。父親への手紙だなんて、嬉しそうに言うのが妬《ねた》ましくて——他人の大事なものを、滅茶苦茶《めちゃくちゃ》に嘲笑《あざわら》ってやれば、少しは気が紛れるような気がした。

まさかその父親が死んでいて、もう一度会いたいなんて書いてある手紙だとは、露《つゆ》ほども想像しなかった。

「……昔、しょうもない嘘をついて、謝りに行ったことがあるんです。怒ると思ったけど、彼女は怒らなかった」

手に入れてしまった手紙を、本当は何度も捨ててしまおうと思った。元々、届くはずなどない手紙だったのだ。彼が捨てようが何をしようが、同じことのはず……けれど結局、彼はもう一度、あの少女に手紙を返した。

嘘をついたことも言った。彼には、彼女の父親に手紙を送ることなんかできない。月どころか、この後宮を出ることさえできないのだ。どこにも行けない——何もできない。この先ずっと、いつまでも。

彼の話を、少女は黙って聞いていた。きっと、軽蔑されたのだろうと思った。いくら子供でも、彼の言うことが半分くらいしか解らなかったとしても、とにかく自分が騙《だま》されたことは解るだろう。それに、彼は失敗したのだ。手紙を届けることができないのであれば、この少女にとっても彼は、役に立たない人間なのだから。

けれど、彼女は言ったのだ。立ち上がって、座り込んでいる彼の頭を撫でて——おそらく、彼女にできる精一杯の大人らしい態度で——真剣に言ってくれた。

——ありがとう。

——でも、それは嘘じゃないよ。できないのと、嘘なのはちがうよ。

——あなたが一生懸命やってくれたんだから、いいの。私、ちゃんと知ってます。

そのときに、彼ははじめて知ったのだ。結果ではなく、何ができて何ができないかではなく、もっと別のことで、彼を見る人間がいるかもしれないということを。能力でも、身分でも、まして利用価値でもなく――彼女はもっと別の何かを、彼の中に見出してくれる。

「結局、誰でも、できることしかできません。あなたは一生懸命やってきた。……今夜のことが防げなかったのは、あなたのせいではありません」

「………」

「現実はこちらの都合に関係なく勝手にやってくるものですが、努力や願いに意味がないはずがない。あなたが何をしてきたか、一人でも知っている人間がいると思えば……多少、気が楽にはなりませんか」

今なら解る。子供の頃、自分の立場があれほどに辛かったのは、現実しか見なかったからだ。能力があると証明すること、結果を出すことが全てで、しかも多くの他人の表情の中にその価値を見出そうとした。

だが本当は、大事なものは現実には存在しないのかもしれない。現実にはならなかった多くの軌跡《きせき》が、人を支えるものであるのなら、誰かがそれを知っていてくれなければならない。世の評価とも、彼自身の評価ですら関係なく、真っ直ぐに彼を見てくれる人が。

その一人が、どうしても欲しくて――だからずっと、今日まで想い焦《こ》がれてきたのだ。

天黎《てんれい》の言葉が、相手にどう伝わったのかは解らなかった。士傑《しけつ》は依然として表情の乏《とぼ》しい顔つきで、じっと黙っている。しばらく、何か考えるような間があった後、やがて彼はおもむろに呟いた。

「つまり——惚気《のろけ》か」

「俺、今ちょっといい話したつもりでしたよ」

「惚気だな」

「ああ……ええ、まあ、そうです」

きっぱりと言い切られ、天黎《てんれい》は渋々認めざるを得なかった。まあ、そうでないとは言い辛いかもしれない。しかし、人が何のためにそんな話をしたと思っているのか、と相手を睨んだ天黎だが、しかしそれ以上言うのは止めた——弟の話の腰を折って遊ぶくらいなら、心配する必要はないだろう。

「……それじゃ、失礼します。もういい時間ですし」

話が途切れたのを契機に、暇乞《いとまご》いする。実際、既に時刻は深更《しんこう》よりは暁闇《ぎょうあん》に近くなりつつあるだろう。士傑《しけつ》は特に何を言うでもなく、ただ頷いて退出を許したが、しかし彼が出ていく前に、不意に背後から呼び止めた。

「天黎。——今夜のことは、恩に着る。この借りは必ず返す」

「そのつもりがあるのなら、どうかその椅子をこっちに回さないでください、太子殿下。それで十分です。あと、ちゃんと寝てください」

このままだと、どうせすぐ夜が明けるなどと言って、一睡もせずに朝までそこにいそうな相手に一言付け加えて、天黎はその場を辞《じ》した。

誰にとっても長い夜は、こうしてその終わりを告げた。

八章　望んだものは

白琅宮《はくろうきゅう》の庭園に降り注ぐ春の日は、もうすっかり冬の冷ややかさを忘れ、のどかな色に変わっている。その光が差し込む小さな居室は、庭園を望める部屋の中でも、最も眺めのいい部屋だった。華美な装飾はほとんど廃され、家具の類も小さな卓子《つくえ》と椅子《いす》を除いては置かれていない簡素な部屋は、人によって居心地がいいとも悪いとも思えそうだが、少なくとも今、宮の主たる凌蘭《りょうらん》の許しもなく上がり込んでいた『客』にとっては、すこぶる好ましいらしい。椅子ではなく、床の上の敷布に直《じか》に座り込み、日当たりのいいところで威厳もへったくれもなく寛《くつろ》いでいた壮年の男は、彼女の姿を認めると、愛想よく挨拶《あいさつ》を寄越した。

「やあ、蘭。用事はもう終わったのかい」

「……またあなたは。おいでの際は、一言仰《おっしゃ》いと申し上げたじゃありませんか」

もっとも、そう言ったところで、彼の態度が改まらないことも知っている。知っていながら、それでも一応はいつもの繰り言《ごと》を繰り返して、凌蘭は部屋に入った。できるだけ彼の意は汲《く》んでやりたいと思っているが、こちらにも都合というものがある。

「だが、先に言うと大事になるだろう。あの、総出でお出迎え、という感じは嫌いなんだ」

「そっちはそれでいいでしょうけどね、こっちはそうしなきゃ、また何言われるか解ったもんじゃないんですよ。大体、今のあなたのその体勢をよそに知られたら、そりゃあひどいことですよ」

「よそじゃできないから、ここでしてるんだよ。大丈夫さ、近侍《きんじ》も全部追い払ってあるから」

確かにその言葉通り、この部屋には彼と凌蘭の二人きりだ。彼のために椅子を持つ者も、常に衣裳《いしょう》の乱れを直す者も、その他あれやこれやと細々《こまごま》とした仕事をする者たちも、それに倍する警護も、誰もいない。だがそれがまた、逆に凌蘭にうんざりするような予想をさせるのだ。連中は、必ず後で言うだろう――いかなるときも、彼は椅子に座らなければならない。床などはもっての外《ほか》、ましてだらしなく立て膝《ひざ》で肘《ひじ》を付くなんて、決してあってはならないことだ。相対《あいたい》すときは平伏《へいふく》して、口上を述べた後は、声をかけられるまで面《おもて》を上げてはならず……。

――ああ、面倒くさい！

どうせ文句を言われるのなら、今は好き放題にしても罰は当たるまい。凌蘭は低い卓子に運んできた二人分の茶器を置くと、自分も同じく、床に座り込んだ。卓子を挟んで、彼がにやりと笑う。

「だから好きだよ、蘭」

「あなたが気の毒ですからね。四六時中あんなこと言われてたんじゃ、嫌になるのも解《わか》らなくはありませんよ――陛下」

「皆が君くらい、物解りがいいといいんだけどなあ……」

悲しげに首を振って呟くと、棕河《そうが》国国主、棕篤仁《そうとくじん》は、淹《い》れられた茶に手を伸ばした。

この部屋の外では、誰もが国主の寵妃《ちょうひ》と目《もく》するところの凌蘭《りょうらん》だが、実際のところ彼女に与えられる国主の『寵愛』とはこういうものであった。彼女の美貌《びぼう》とも、艶《つや》っぽい事柄ともあまり関係がない。国主が白琅宮《はくろうきゅう》を訪れるのは、大概《たいがい》こうして彼女を相手に、楽な姿勢でだらだら喋《しゃべ》るためなのだ。

そして凌蘭も、そのことを不満に思ったことはない。それがある意味、特権的な立場であることは間違いないからだ。国主はどんな人間でも、側に侍《はべ》らせることができる。美しい女でも、従順な臣下でも、屈強な兵士でも――けれど『茶飲み友達』となると、それはなかなか難しい。

元々、生活のために入った後宮である。本来の意味で国主の寵を得たいとか、子を授《さず》かりたいなどと思ってはいなかった凌蘭は、与えられたこの『寵愛』には至極《しごく》満足している。だからこの国主の希望には、できるだけ応えてあげたいと思ってはいるが、それにしても今日の訪問は奇妙だった。本来なら、まだ政務の真っ最中であるはずの時間だ。それが後宮でぐだぐだ過ごしているとは、一体何があったのか。

「――引っ越しが、終わったんだよ」

凌蘭の視線にもの問いたげな気配を感じたらしい、彼女が訊く前に、篤仁は一言だけそう言った。簡潔な言葉、しかし凌蘭にもそれで十分だった。静かに、やはり簡潔に問いかける。

「佳琳《かりん》様は、お元気でしたか」

「最後まで、顔も上げてくれなかった。気持ちは解らないでもないが……まあ、寂しいね」

今日、祥鳳宮《しょうおうきゅう》はその主を失う。国后佳琳は朔稜城《さくりょう》を出され、北の離宮へと移される。表向きは病の静養となっているが、二度と彼女がここへ戻ってくることはないだろう。彼女が、現在宮廷中を騒がせている地方府の白票《はくひょう》事件に関わっていることは公《おおやけ》には明かされていないが、秘密裏に下された、それが罰だ。

佳琳を事件に引きずり込んだ戴毅昌《たいきしょう》は、同郷の出身で、若い頃に互いに憎からず思った仲だったらしい。名家の令嬢であった佳琳は、しかし実家の思惑で、当時新たに国主として即位したばかりの篤仁の許《もと》に、妃の一人として嫁《とつ》がされた。別れを言う暇《いとま》もなく引き離された初恋の男は、その後もずっと彼女の心に罪悪感と幼い恋着《れんちゃく》とともに残り続けたに違いない——その男がどんなに昔と変わってしまっても、見捨てることができないほどに。

「……あなたは、どうだったんです、陛下？」

「うん？」

「ご存じだったんでしょう、あの方の気持ちを。なのにまあ、よくもあの男を太子の師傅《しふ》なんかにしましたね」

「まあ、師傅って言っても、士傑《しけつ》には何十人といるからね。たまには毛色が変わったのも入ってて悪くないかもと……」

「どう考えても太子殿下の教育によろしくありませんよ！」

「たった一人の悪影響で、判断を失うくらいなら、国主には向かないよ。特に、身内に足を取られては」

「それにしたって！」

「もちろん、少しでも変なことが起きれば、すぐに対処するつもりだったよ。でも何もないなら、それは根拠のない妄言《もうげん》だ。過去は処分には値《あたい》しない」

「………………」

「佳琳《かりん》は耐えることを知っていた。運命に何一つ文句も言わず、私の許に嫁いできた。だったら……少しくらいは、報いがあってもいいんじゃないかと思ったんだよ。……でも」

ためらうように言葉を切って、篤仁《とくじん》は一瞬遠い目をした。取り戻せない過去を見つめる目は、しかしすぐに閉ざされると、深い吐息にとって代わる。

「それが、間違いだったんだろうな。結局、私は彼女にひどいことをしただけだったのかもしれない」

ある面では、そうだろう。しかし淩蘭《りょうらん》は、その意見は口にしなかった。とうに本人が気付いていることを、他人が責めるのはあまりにも情のないことだ。

「……佳琳様を、愛してらっしゃったんですね」

「どうかな、解らない。でも、一番最初に、私のために来てくれた人だ。……大事にしようとは、思っていたよ」

そのまま会話は途切れてしまう。しかし凌蘭は、敢《あ》えてそれ以上訊《き》こうとは思わなかった。きっとこのくらいが、今日の彼女の役目だろう。

春爛漫《らんまん》の庭園を眺《なが》めながら、茶を喫《きっ》す。でももしかしたら、今日は杯《さかずき》の方が良かったかもしれない。茶器の中身が空いたなら、次はどうすべきかと考える凌蘭に、そのとき篤仁がようやく再び口を開いた。

「そうだ。そう言えば蘭、君に頼みがあったんだ」

そのために来たんだよ、と言われて、凌蘭は多少意外の感で彼を見返した。そんなことを言うとは珍しい。

「おや、何でしょうね。私にできることかしら」

「君にしかできないよ、蘭」

だが、彼の顔に浮かんだ笑みが、嫌な予感を起こさせる。百官の前ではいかにも威厳のある様子でいるくせに、そういう顔をするとまるで性質の悪い悪戯小僧《いたずらこぞう》だ。顔をしかめる凌蘭に、内緒話をするように手招きすると、ぼそぼそとそれを告げる。

「――何ですって！」

「言っただろう、君にしかできないって」

「何で私がそんなことしなくちゃいけないんですか！」

「信賞必罰《しんしょうひつばつ》は治国《ちこく》の法だ」

　衝撃的な耳打ちに思わず声を上げる凌蘭《りょうらん》に、そんなことは当然予期していたと言わんばかりに、国主は平然と答えた。おもむろに座り直すと、何やら分別くさく言いはじめる。

「国主として、功には賞をもって報いなければならない。何をやってもいいけれど、きっと一番それが欲しいって言うと思うんだよ」

「何をやってもいいなら、他のものにしてちょうだい！」

「他のもので、替えが利《き》くと思うのかい？」

　これには答えようがなくて、凌蘭は一瞬黙り込む。が、すぐに怒りが湧《わ》いてきて、ふつふつと彼女の血を滾《たぎ》らせる。厳密に言えば、怒りとは違うが……まあとにかく気に入らない。

「ああ、おたくの息子はどうしてそう！　大体、昔から危ないと思ってましたよ、私は！　またあの子も馬鹿だから、全然気付きもしなくてああ情けない！」

「それはどっちなのかな。この話がいいのかい？　悪いのかい？」

「……私は、あの子には普通の幸せを手に入れてほしいんですよ。官吏《かんり》とか、真っ当な商売をやってるお家とか、いや、真面目《まじめ》に働く男なら何だっていい。とにかく普通がいいんです――あなたの関係者ではなくて！」

「でもそれは、君が言っても説得力ないんじゃないかなあ」

「それは……！」

「とにかく、頼むよ。それに結局は、決めるのは君の意志じゃない——そうだろう？」

しばらくの間を置いて、凌蘭はため息をついた。まったく忌々《いまいま》しいこと——けれどいつか、こんなことになると思っていた。そしてもし、そうなるしかないのだとしたら、彼女に止める術はない。

「……解りましたよ。ですが、決めるのはあの子ですからね」

解っているが、忌々しい。返事に苦々しさを溢《あふ》れんばかりに滲《にじ》ませて、凌蘭は渋々了承の返事をした。

＊　＊　＊

「淑蓉《しゅくよう》」

母が目の前に現れたとき、淑蓉は与えられた自室にこもって、私物の本をめくっていたところだった。数少ない彼女の蔵書は、もう何度も読み返してほとんど暗記しそうなくらいだが、しかし他に本はないので仕方がない。

後宮へ戻ってきてから数日、淑蓉は母の白琅宮《はくろうきゅう》に、ほとんど閉じ込められて過ごしていた。凌蘭は彼女に、宮廷の書庫へ行くことも禁じたのだ。後宮から離れていた数日間、娘がどこにいたかは知っていたようだが、しかし知っているからといって歓迎していると同義ではないらしい。「まったくふらふらするからそんな目に！」と叱《しか》られて以降、白琅宮《はくろうきゅう》の外には出してもらえなくなってしまった。

だが今、書庫へ行けたとしても、おそらく意味はなかっただろう。馴染《なじ》んだはずの文字の羅《ら》列《れつ》は、しかし今はまるで彼女の心を捕らえていなかった。ここ数日、夢の中にいるみたいに、頭がぼうっとして働かない。

——待っていて。

後宮へ帰る前、別れるとき、天黎《てんれい》は彼女にそう言った。泣き過ぎてまだ濡《ぬ》れていた彼女の頬を拭《ぬぐ》って、落ち着かせるようにぎゅっと抱きしめて、耳元で囁《ささや》いてくれたのだ。

——帰ったら、大人しく待っててくれ。必ず……行くから。

天黎が、会いに来てくれるということだろうか。そうだったらすごく嬉しいけれど、しかし母は会わせてくれるだろうか。いや、いくら邪魔されてももちろん会うつもりだけれど、一体いつ来てくれるのだろう。

そのうち、何やら全てが夢なのではないかという気がしてきた。あの夜のことは、全て彼女の都合のいい夢だったのではないか。あるいは彼女が何か誤解していて、天黎は本当は、そういう意味で好きと言ってくれたのではないのではないだろうか。何度も何度も繰り返して浸《ひた》っているうちに、記憶の方も微妙に変化してきているように思えて、正確にこうという自信がなくなってくる。このままではいよいよ深刻な疑念に取りつかれかねなくなってきたときに、この母の言葉だった。

「出かけるよ。支度をおし」

「え……!?　どこに？」

「行けば解るさ。それよりこの部屋を出たら、そうぼやっとした顔するんじゃないよ。一人でにたにたしたかと思ったら、急にぶつぶつ言ったりして気味悪いったらありゃしない」

何やら刺々《とげとげ》しく罵《ののし》られていたが、しかし淑蓉《しゅくよう》はほとんど聞いていなかった。彼女がここから連れ出される理由など、一つしか思い当たらない。

――来てくれた……！

別れ際の彼の言葉を思い出す。必ず行くと言ってくれた――この数日、ずっと待っていた、今がそのとき。

「………」

だが、いざその瞬間が来たと思うと、急に不安が募《つの》ってくる。本当に、これは独《ひと》り善《よ》がりな夢ではないのだろうか。彼はまだ――彼女のことを好きだと言ってくれるだろうか。

――ううん。

そんなことを考えるのは失礼だ。いつだって、天黎が彼女を裏切ったことなどない。来ると言ったら来てくれる――一度好きだと言ってくれたなら、ちゃんと好きでいてくれるはずだ。疑うなんておかしなことだ。

そう固く覚悟を決めて、部屋を出た淑蓉《しゅくよう》だったが、しかしすぐに当てが外れたことに気付いた。再び現れた凌蘭《りょうらん》は、彼女を引きつれると、白琅宮《はくろうきゅう》を出てしまったからだ。

——……天黎《てんれい》様じゃ、ないの……？

外れた期待が、切なく胸を締め付ける。勝手なことだと、淑蓉は密かに自嘲《じちょう》した。彼に会えると思ったときには、不安さえ感じたのに、一旦会えないと解ると、今度はこれほどにがっかりするなんて。

それにしても——ここはどこだろう。

「お母さん……」

馴染みのない歩廊《ほろう》を歩きながら、淑蓉は小さな声で母に尋ねた。後宮に長く住んでいる彼女も、来たことがない場所だ。光の入らない通路はひどく薄暗く、昼間でも灯火が必要なほどであるが、しかしその光に照らされて見る装飾は、後宮の中でも際立《きわだ》って絢爛《けんらん》な部類に入るだろう。優雅さよりは荘厳《そうごん》さが勝《まさ》る、女の園である後宮らしからぬ雰囲気だ。

「静かに」

返ってきた母の答えは短かった。しかしそれだけでは不十分だと思ったたか、更に念を押すように付け加える。

「この先の扉を入ったら、いいと言うまで一言も口を利いちゃいけないよ。あと……くれぐれもよく考えて決めるんだよ。いいね」

何を、と思ったが口には出せなかった。母の言う扉が、もう迫っていたのだ。彼女たちに付き従ってきた宮女が、素早く先回りして跪《ひざまず》き、静かにその扉を開ける。

真っ先に目に入ったのは、御簾《みす》だった。というか、それしかない。扉を開けてすぐ、人が二、三人も座れば一杯になる空間があって、その向こうが御簾で仕切られている。

最初はわけが解らなかった淑蓉だが、母に次いで中に足を踏み入れると、次第に状況が解ってきた。御簾の向こうから、声が聞こえる――深い、壮年の男の声。

「――そなたの働きは、聞き及んでいる」

その響きに、淑蓉は驚いて思わず御簾を透《す》かし見る。聞き覚えのある声、というほど馴染みはないが、確かに知ってはいる。誰あろう、この国の主のものに違いない。

御簾の向こうに、人影がぼやけて見える。声の位置から考えて、どうやらここは国主の坐《いま》す玉座の後ろ側らしい。御簾の向こうに見えるのは、彼に跪く人の姿。他にも数人の気配があるように思われるが、とりあえず今国主が話している相手はこの御簾の向こうの影のようだ。

官吏たちが集《つど》う、国主の政務の一場面の様子に、淑蓉は当惑して母を見やった。彼女たちがこんなところにいていいのだろうか。

けれど母は答えない。用意された座に腰を下ろすと、ただ厳《いか》めしい顔をして、御簾の向こうに目をやっている。仕方なく、淑蓉も母に倣《なら》って、大人しく近くに座ろうとする。

「恐れ入ります、陛下」

だが、次に聞こえてきた声に、淑蓉《しゅくよう》は先刻に倍する驚きで身を震わせた。息を呑《の》んで立ち上がり、ほとんど御簾にくっつくようにして、懸命に向こうを覗《のぞ》き見る。

心臓が、急に強く打ちはじめる。それは息苦しい動悸というよりは、何かがはじまる胸が塞《ふさ》がれるほどの期待に似ていた。まるで、生き返ったような心地になる——きっと、自分は今生まれたのだと淑蓉は思った。世界が、前とはまるで変わってしまう。あの人がいるだけで、彼女の世界の全てがそこに収斂《しゅうれん》していく。

ずっと、この声を聞きたかった——たった数日離れていただけでも、もう恋しくてたまらない。

——天黎《てんれい》様！

「功は賞に値する。本来なら、名誉で報いるべきではあるが……だが、この件は公にはすべきでない。従って、そなたに与えられるものも限られてくる」

公にすべきでない件とは、おそらくは先日の一件のことだろう。ただの不正ではない、国后が関わっていたとなれば今よりもっと騒ぎが大きくなる。淑蓉も先日、母から他に口外しないようにと言い含められている。

では、あのときの天黎の働きが認められたということか。我がことのように嬉しくて、淑蓉は息を潜《ひそ》めて成り行きを見守った。こんな風に、彼の晴れ姿を見られるとは思わなかった。御簾越しなのが残念ではあるが……。

「限られてはくるが、それでも報いるつもりはあるのだ。だから——言いなさい、天黎。公に差し障りのないものなら、一つ、おまえに望みのものを与えよう。……何なら、この前おまえが言ってきた、綬連《じゅれん》の玻璃《はり》窓を城中に入れてもいいが」

それはいい、と淑蓉は思った。あの玻璃が朔稜《さくりょう》城中に使われるなら、きっと綬連は随分と景気が良くなるだろう。ずっと彼が、それを望んでいることも知っている。こんな形で叶《かな》うなら、素晴らしいことではないか。

「それには及びません」

だが、天黎の答えは意外なものだった。予想が外れて、耳をそばだてる彼女の前で、明朗《めいろう》な声が告げる。

「今のところは、まだ。そのうち陛下の方から、頼むから入れてくれと仰《おお》せになるはずです。そのときは喜んでお受けしますが……今日は、別のものをいただきたいのです」

「何かな」

「陛下の後見されている娘をいただきたい。明《めい》淑蓉を——私の妻に」

淑蓉はとっさに口を手で押さえる。慌《あわ》てて歯を食いしばって、きつく拳《こぶし》を握《にぎ》りしめた。爪が掌《てのひら》に食い込む痛みが、辛《かろ》うじて理性を繋《つな》ぎ止める——そうでなければ、叫び出してしまいそうだ。

——……妻に！

ただの一度も、そんなことを考えてみたことはない。想像してみたことさえない。そんなことができるはずがないと、無意識にさえ信じていた。国主の息子、手が届かないほど遠い人、彼女の大事な『お兄様』。

でももう、そうではないのだ。そうではないのなら……それならば、望んでも許されるだろうか。

——一緒に、いられる。

兄妹という繋がりでなくても、二人を結びつける絆《きずな》を。彼の隣に立って、彼の力になれるように、ずっと近くに、一緒にいて——彼女の全てを、彼に誓える。

「それは、どうしたものかな」

玉座から、国主が答える声がする。いかにも困ったように聞こえたが、同時にどこか、笑いを含んでいるようにも思える。

「人はものではないよ、天黎《てんれい》。私から、ではやろうと言うことはできないな」

「ですが……」

「まあ、まずは彼女の意見を聞いてみようじゃないか？」

わざとらしく重々しい声が、促《うなが》すように響く。淑蓉《しゅくよう》は勢いよく背後を振り返った。同じく御簾の裏に座《ざ》して、話を聞いているはずの母は、既に苦虫を噛《か》み潰《つぶ》したような顔をしていたが、娘の視線に気付くと、一層ひどい渋面《じゅうめん》になる。

だがきっと、母は知っていたはずだ。知っていたから、ここに彼女を連れてきた——連れてきてくれたのだ。

——そうでしょう、お母さん。

こちらに向いた母の目が、彼女のそれと真っ直ぐに交差する。不機嫌な眼差し、しかしその奥に静かな光が見える。何もかもを受け入れて、彼女の道を照らしてくれる——強くて優しい、母の輝き。

顔を背《そむ》けた母がため息をつくのと、淑蓉が御簾に手をかけるのはほとんど同時だった。ここがどこかも、入るときに聞いた注意も、その他のことも全てを忘れた。もう、今しかないのだ。こんなことが、二度と起きるはずがない。

——どうしても、あの人でなければ駄目なのだ。

「天黎様！」

御簾をくぐり抜けた瞬間、全ての景色がはっきりと見えた。国主に跪いていた天黎が、驚いたように立ち上がる。けれど彼女を認めた瞬間、その表情が和《やわ》らいだ。彼女の大好きな、あの笑顔。

「——淑蓉！」

彼の腕に飛び込む。ぎゅっと抱きしめられる感覚が、たまらなく心地良かった。誰よりも、彼の近くにいると解る——離れていないと感じられる。

この気持ちを、何と伝えればいいだろう。

「……どうやら、聞くまでもなかったみたいだね？」

背後から、笑い混じりの声が聞こえて、淑蓉《しゅくよう》ははっと身体を強張らせた。しかし、国主の面前であることを思い出した彼女が慌てて振り向く前に、大きな手に頭をぎゅっと押さえ込まれる。胸の中に抱き込まれたまま、頭上で天黎《てんれい》の答える声を聞く。

「もちろんです。彼女は俺のものです――約束通り、返していただいてよろしいですか」

「仕方がないね。では、彼女が君の名誉の証《あかし》だ。長く、大事にしなさい」

「生命に代えても」

淑蓉は俯《うつむ》いて、破裂しそうな心臓を抱《かか》えていた。もう、顔を上げる勇気はない。恥ずかしくて、頭の芯《しん》がくらくらして、身体中が熱くて息が苦しくて――どうしようもなく幸せで、もう死んでしまいそうだ。

「淑蓉」

俯いたままの彼女の耳元で、優しく囁《ささや》く声がする。

「やっと、君を迎えに来た――俺と、一緒に来てくれる？」

その声が、あまりにも真摯《しんし》で、答える言葉が見つからない。何もかもを伝えたいのに、全てを伝える術がない。

本当は、ずっと望んでいた。長い間、自分でも知らなかった――ずっと見ないふりをしてき

たけれど、今ならはっきりと理解できる。

あの日の問いに、答えられる。

——では、探すといい。君が本当に望むものを。

だから答えの代わりに、淑蓉《しゅくよう》は力を込めて彼を抱きしめ返した。背に腕を回して、はじめて彼女自身の手で——ようやく見つけた、自分の居場所を。

あとがき

こんにちは。本書をお手にとっていただいて、ありがとうございます。

本書『にせもの公主の後宮事情　君子は豹変するものです？』は、タイトルから伝わって……くればいいと思いつつ無理かもしれませんが、一応中華風のお話であります。ええ、一応……一応……。

元々、最初にお話をいただいたときに、担当様が仰ったのは「アジアってどうですか？」ということでした。アジア！　興味はあれどもまったくよく知らないアジア！といってもまあ世界のどこでもよく知らないんですけれども！　ていうかアジアってどこ？　具体的にどこからどこまで？

どこでもいいと仰っていただけたので、とりあえず一番興味のあった中華に的を絞り、「じゃあ中華風にします！」と勝手に宣言したまではよかったのですが、諸々の理由から（主に漢字が難しいとか。書けないとか。読めないとか。あまつさえパソコンに表示されないとか）自分設定を採用していった結果、本書のような形になりました。

私「結局、最後まで残った辛うじて中華っぽいものは、『固有名詞が漢字』っていうところだけですね」

担当様「……まあ、アジアですよね！」

私「あ、そういう意味なんですかアジア!?」

もちろんそんな意味ではないと思います。担当様の全力のフォローに今ちょっと胸が痛いです。

個人的な話で恐縮ですが、実は自分の書く小説のキャラクターに漢字の名前をつけたのはこれがはじめてです。

私なりに考えた結果こうなったキャラクターの名前に、特に思うところはないのですが、しかし主人公淑蓉《しゅくよう》だけは後々ちょっと後悔しました……電話口でメモを取るときに、画数多くて面倒くさいなんて気付かなかった！

とはいえ、『淑』『蓉』の字はどちらも好きな漢字なんですよね。うん、何回でも書きますそうします。

……ちょっと話が逸れましたが、このように私が好き放題に書いてそんなこんなしながら出来上がったおかげか、この作品には、私がこういうの好きだなと思うものばかりを詰め込めたんじゃないかなと思います。

この本のどの部分でも、一つでも楽しんでいただければいいなと思っております。キャラクターたちがそれぞれ一喜一憂し、すれ違って動く世界を、見守るように読んでいただけたらこんなに幸せなことはありません。


この本を作るにあたって、お世話になった方々に。

美しいイラストを描いていただいたすがはら竜様。美麗な表紙絵に魂を抜かれた後、最初の挿絵の小さい二人に心底ときめきました。何ですかねあれ天使ですかね。でももちろん大きい方も大好きです！　お忙しいところ、いろいろとお手数をおかけして申し訳ありません。ご配慮いただき、本当にありがとうございます。

御礼を申し上げるのもおこがましいほど、ご迷惑をおかけしました担当様。辛抱強く的確なご助言をいただけたおかげで、このお話を何とかこうして形にすることができました。ご尽力いただいたことに、心から感謝しております。

編集部をはじめ、この本を作るのにお力添えをいただいた全ての方に、厚く御礼申し上げます。

このお話の最初の種をくれた友人にも感謝を。結果として、全然違うんだけど……と言われそうなものになりましたが、許してください。

そしてこの本を読んでくださった皆様に、最大のありがとうをお伝えさせてください。ここまで読んでいただけたこと、本当に感謝しています。

この本を読んでいた時間が、少しでも楽しいものになっていれば幸いです。ありがとうございました。

雨川恵

雨川恵個人サイト　『R*R』：http://rainriver.sakura.ne.jp/

一迅社文庫アイリス

にせもの公主《こうしゅ》の後宮《こうきゅう》事情《じじょう》
君子《くんし》は豹変《ひょうへん》するものです？

2013年７月１日　初版発行

著　者■雨川 恵
発行者■杉野庸介
発行所■株式会社一迅社
〒160-0022
東京都新宿区新宿2-5-10
成信ビル8F
電話03-5312-7432（編集）
電話03-5312-6150（販売）

印刷所・製本■大日本印刷株式会社
ＤＴＰ■株式会社三協美術

装　幀■小菅ひとみ（CoCo.Design）

落丁・乱丁本は株式会社一迅社販売部までお送りください。送料小社負担にてお取替えいたします。定価はカバーに表示してあります。
本書のコピー、スキャン、デジタル化などの無断複製は、著作権法上の例外を除き禁じられています。本書を代行業者などの第三者に依頼してスキャンやデジタル化をすることは、個人や家庭内の利用に限るものであっても著作権法上認められておりません。

ISBN978-4-7580-4449-3
©雨川恵／一迅社2013　Printed in JAPAN

●この作品はフィクションです。実際の人物・団体・事件などには関係ありません。

この本を読んでのご意見
ご感想などをお寄せください。

おたよりの宛て先

〒160-0022
東京都新宿区新宿2-5-10
成信ビル8F
株式会社一迅社　ノベル編集部
雨川《あめかわ》 恵《けい》 先生・すがはら竜《りゅう》 先生

一迅社文庫アイリス

第2回 New-Generation アイリス少女小説大賞

作品募集のお知らせ

一迅社文庫アイリスは、10代中心の少女に向けたエンターテイメント作品を募集します。
ファンタジー、時代風小説、ミステリー、SF、百合など、
皆様からの新しい感性と意欲に溢れた作品をお待ちしています!

応募要項

応募資格 年齢・性別・プロアマ不問。作品は未発表のものに限ります。

表彰・賞金
金賞 賞金100万円+受賞作刊行
銀賞 賞金20万円+受賞作刊行
銅賞 賞金5万円+担当編集付き

選考 プロの作家と一迅社文庫編集部が作品を審査します。

応募規定
- A4用紙タテ組の42字×34行の書式で、70枚以上115枚以内（400字詰原稿用紙換算で、250枚以上400枚以内）。
- 応募の際には原稿用紙のほか、必ず ①作品タイトル ②作品ジャンル（ファンタジー、百合など） ③作品テーマ ④郵便番号・住所 ⑤氏名 ⑥ペンネーム ⑦電話番号 ⑧年齢 ⑨職業（学年） ⑩作歴（投稿歴・受賞歴） ⑪メールアドレス（所持している方に限り） ⑫あらすじ（800文字程度）を明記した別紙を同封してください。

※あらすじは、登場人物や作品の内容がネタバレも含めて最後までわかるように書いてください。
※作品タイトル、氏名、ペンネームには、必ずふりがなを付けてください。

権利他 金賞・銀賞作品は一迅社より刊行します。
その作品の出版権・上映権・上演権・映像権などの諸権利はすべて一迅社に帰属し、出版に際しては当社規定の印税、または原稿使用料をお支払いします。

第2回 New-Generationアイリス少女小説大賞締め切り

2013年8月31日（当日消印有効）

原稿送付宛先 〒160-0022 東京都新宿区新宿2-5-10 成信ビル8F
株式会社一迅社　ノベル編集部「第2回New-Generationアイリス少女小説大賞」係

※応募原稿は返却致しません。必要な方は、コピーを取ってからご応募ください　※他社との二重応募は不可とします。
※選考に関するお問い合わせ・ご質問には一切応じかねます。　※受賞作品については、小社発行物・媒体にて発表いたします。
※応募の際に頂いた名前や住所などの個人情報は、この募集に関する用途以外では使用致しません。

◆本大賞について、詳細などは随時小社サイトや文庫新刊にて告知していきます。◆